I0564863

UN

NOUVEL ÉCRIT DE BERNARD GUI

LE SYNODAL DE LODÈVE

(1325-1326)

131
93

ACCOMPAGNÉ DU *Libellus de articulis fidei*, DU MÊME

PAR

C. DOUAIS

PARIS

ALPHONSE PICARD, LIBRAIRE-ÉDITEUR

82, RUE BONAPARTE, 82

—

1894

UN

NOUVEL ÉCRIT DE BERNARD GUI

416

Tiré à 100 exemplaires.

TOULOUSE. — IMP. A. CHAUVIN ET FILS, RUE DES SALENQUES, 28.

UN

NOUVEL ÉCRIT DE BERNARD GUI

LE SYNODAL DE LODÈVE

(1325-1326)

ACCOMPAGNÉ DU *Libellus de articulis fidei*, DU MÊME

PAR

C. DOUAIS

———

PARIS

ALPHONSE PICARD, LIBRAIRE-ÉDITEUR

82, RUE BONAPARTE, 82

—

1894

UN

NOUVEL ÉCRIT DE BERNARD GUI

LE SYNODAL DE LODÈVE

(1325-1326)

ACCOMPAGNÉ DU *Libellus de articulis fidei*, DU MÊME

———

Le R. P. Balme, dominicain, qui, dans ses courses apos-
toliques, a su trouver tant de précieux moments pour inter-
roger les bibliothèques et les archives, a dernièrement attiré
mon attention sur le manuscrit 29 de la Bibliothèque de la
ville de Montpellier, non sans raison, car il contient un nouvel écrit de Bernard Gui. J'en publie la partie principale, qui
me paraît présenter un sérieux intérêt au double point de vue
du célèbre dominicain et de l'ancien diocèse de Lodève, où,
comme évêque, il finit sa laborieuse et brillante carrière (1331).
Pour le prouver, je n'ai, je l'espère du moins, qu'à livrer
simplement les réflexions amenées dans mon esprit par
l'étude de ce manuscrit.

I

La bulle de Jean XXII, nommant Bernard Gui, déjà évêque
de Tuy en Galice, à l'évêché de Lodève, est du 20 juillet 1324 (1). Un de ses successeurs, Plantavit de la Pause,

———

(1) Elle a été publiée par M. Ant. Thomas dans *Mélanges d'archéologie et d'his-*
toire, année 1882.

homme pourtant fort érudit, lui a fait prendre possession de
son nouveau siège à la date du 21 mars 1324 (1); ce qui fut
évidemment impossible. Les bénédictins l'ont suivi (2), sans
y regarder de plus près : car ce n'est pas à eux qu'il fallait
apprendre que dans tout le midi, au XIII° et au XIV° siècle,
l'année commençait le 25 mars. 1324 a donc été mis dans
les documents de l'époque pour 1325, nouveau style. Du
moins, tandis que Plantavit de la Pause ne fit dans sa notice
de Bernard Gui qu'une simple allusion à ses Statuts synodaux (3), — et encore l'allusion reste-t-elle incertaine, — ils
ont mentionné la tenue du synode, où le nouvel évêque pro-
mulgua les Statuts rédigés et édictés par lui (4). Depuis, les
auteurs qui ont écrit sur Bernard Gui n'ont pas même mentionné ce fait. Quétif et Echard, les deux savants biblio-
graphes de l'ordre des frères Prêcheurs, n'avaient pas eu
connaissance du synodal manuscrit de notre évêque ; l'idée
qu'il pouvait avoir laissé un synodal ne leur traversa pas
même l'esprit, ce semble. M. Léopold Delisle, qui a écrit sous
le titre de *Notice sur les manuscrits de Bernard Gui* (5), un mé-
moire si remarquable et si utile, n'y a pas davantage pensé. Je
le rappelle, non cependant pour en faire un grief à ces érudits
si méritants. Un synodal n'a rapport qu'à l'administration diocésaine; il ne peut, à aucun titre, être considéré comme une
œuvre littéraire; ni les anciens, c'est-à-dire les écrivains
du XIV° siècle (6), ni les modernes (7) n'ont fait au synodal
une place dans la longue énumération des écrits de l'historien inquisiteur, mort évêque de Lodéve. On ne l'a donc pas
recherché. Le vrai coupable de l'oubli dans lequel le synodal
de Bernard Gui est resté même de nos jours, est le trop fa-

---

(1) *Chronologia praesulum Lodovensium*, 288. In-8°, s. l., 1634.

(2) *Gall. christ.*, VI, 554.

(3) Op. cit., 295.

(4) « Habuit eodem anno (1325) synodum in qua statuta quaedam promulgavit. »
Gall. christ., VI, 554.

(5) In-4°, Paris, imprimerie nationale, 1879, dans *Notices et extraits des manuscrits*, t. XXVII, 2° partie, et tirage à part.

(6) *Brevis chronica de vita et moribus, ac scriptis et operibus domini episcopi
Lodovensis*, dans Labbe, *Nova Bibliotheca manuscriptorum*, II, 512. In-fol., Paris,
1657.

(7) L'auteur anonyme des *Memorialia pro conventu Lemovicensi*, dans Douais,
Les frères Prêcheurs de Limoges, 41-43. In-8°, Toulouse, 1892.

meux Libri, auteur du Catalogue des *Manuscrits de la Bibliothèque de la ville de Montpellier*, qui a paru, en 1849. Voici
dans quels termes il a, sous le n° 29, signalé le synodal :
« In-8° sur vélin. — Acta synodi Lodovensis, anno 1326
habiti — XIV° — XV° siècle. Une note du XVII° siècle, en
tête du volume, fait connaître les principaux actes du synode
en question. Ce volume a beaucoup souffert de l'humidité ; il
est incomplet. » Tout n'est pas exact dans ces courtes indi-
cations et le point principal y manque. Si, en cet endroit,
Libri eût daigné ouvrir le *Gallia*, espérons que la célébrité
du titulaire de l'évêché de Lodève en 1326, puisque tant il
y a 1326, lui eût valu l'honneur d'une simple mention pour
notre plus grand profit : ce qui prouve une fois de plus, pour
le dire en passant, combien il faut apporter de soin à la ré-
daction des catalogues des manuscrits, destinés à renseigner
exactement les érudits, qui manquent si souvent du temps et
des moyens nécessaires pour aller sur place les étudier.

II

Mais je n'ai pas encore prouvé, — j'aurais peut-être dû
commencer par là, — que le manuscrit 29 de la Bibliothèque
de la ville de Montpellier contient le synodal de Bernard Gui,
évêque de Lodève. Ce manuscrit, 150^{mm} sur 113^{mm}, XIV° siècle, est mutilé au commencement. Dans son état actuel, il
compte 110 folios. Il contient :
    1° Des statuts synodaux fragmentaires occupant les fo-
lios 1 à 53 ;
    2° Les Statuts du synode de Lodève réuni pour la fête de
saint Luc (18 octobre) 1325 ; ils remplissent les folios 53 à 64 ;
    3° Les ordonnances et constitutions épiscopales qui le sui-
virent, et la *Forma synodi*, folios 64 à 88 ;
    4° Enfin un écrit intitulé : LIBELLUS BREVIS ET UTILIS DE
ARTICULIS FIDEI ET SACRAMENTIS ECCLESIE, ET PRECEPTIS DECA-
LOGI, CUM QUIBUSDAM ALIIS ANNEXIS IN FINE SCRIPTIS PRO REC-
TORIBUS ET CURATIS ECCLESIARUM NOSTRE DIOCESIS AD ERUDIEN-
DUM PLEBES SIBI COMMISSAS, folios 88 à 110.
    Reprenons chacune des parties dont le manuscrit 29 de

Montpellier se compose, en posant toujours la même question : Est-ce l'œuvre de Bernard Gui?

D'abord pour le *Libellus*, l'hésitation n'est pas même possible : Bernard Gui en est très certainement l'auteur. Il ne faut voir dans ce *Libellus* qu'un abrégé de la doctrine chrétienne. Au commencement du XIV° siècle, il avait une première fois composé un abrégé de la doctrine chrétienne (1) ; il ne nous a pas dit à l'usage de qui. Je serais porté à penser qu'il le destina aux religieux de son ordre. Le chapitre provincial avait exprimé le vœu, et même voulu qu'un abrégé de la doctrine fût mis entre les mains des frères Prêcheurs, dont la plupart, constamment en course, étaient privés de l'avantage de suivre l'enseignement théologique qui se donnait tous les jours dans chaque couvent. Nous avons d'assez nombreux manuscrits de ce premier abrégé (2) ; je ne citerai ici que le manuscrit 450 de la Bibliothèque de Toulouse, où la somme de la foi chrétienne occupe les folios 1ᵃ à 4ᵇ.

Voici la distribution des matières dans ce premier abrégé :

DE PRECEPTIS DECALOGI.

DE ARTICULIS FIDEI.

DE TRIPLICI SYMBOLO FIDEI.

DE SEPTEM SACRAMENTIS ECCLESIE.

DE DOTIBUS GLORIE BEATORUM.

Devenu évêque de Lodève, Bernard Gui refondit cet opuscule et lui donna une destination sur laquelle il ne laissa planer aucune obscurité : *Libellus... pro rectoribus et curatis ecclesiarum nostre diocesis, ad erudiendum plebes sibi commissas.* Ce nouvel abrégé de la doctrine chrétienne fut donc composé par Bernard Gui à l'usage des curés du diocèse de Lodève. C'était une sorte de somme catéchétique contenant la substance de la doctrine que les curés devaient enseigner et les fidèles retenir. L'ordre des matières devint celui-ci : Un prologue auquel on pourrait donner pour titre :

De articulis fidei christiane ; puis

DE TRIPLICI SYMBOLO FIDEI.

DE SACRAMENTIS ECCLESIE.

---

(1) M. Léopold Delisle, *op. cit.*, 362.

(2) M. Léopold Delisle, *op. cit.*, 362.

DE DECEM PRECEPTIS MORALIBUS DECALOGI.
NUMERUS ET ORDO PRECEPTORUM DECALOGI.

Il fit enfin de ce traité une sorte de résumé qu'il enrichit de quatre notes théologiques : 1° *De operibus misericordie corporalibus*; 2° *De sex operibus misericordie spiritualibus*; 3° *De septem peccatis principalibus*; 4° *De dotibus glorie beatorum*. Il donna au tout le titre de RECOLLECTIO et le divisa en sept chapitres :

DE ARTICULIS FIDEI.

DE SACRAMENTIS ECCLESIE.

DE PRECEPTIS DIVINE LEGIS.

DE OPERIBUS MISERICORDIE CORPORALIBUS.

DE SEX OPERIBUS MISERICORDIE SPIRITUALIBUS.

DE SEPTEM PECCATIS PRINCIPALIBUS.

DE DOTIBUS GLORIE BEATORUM.

Le *Libellus*, suivi de la *Recollectio*, est donc bien de Bernard Gui (1).

Passons aux ordonnances et aux avis et règlements dont le texte est, dans le manuscrit 29 de la Bibliothèque de Montpellier, placé à la suite des actes du synode du 18 octobre 1325.

Les ordonnances sont au nombre de deux : la première arrête quels sont les curés qui doivent, chaque année, le jeudi saint, se trouver à la cathédrale de Lodève pour la confection du saint chrême. Elle porte la date du 15 octobre 1326; et, au surplus, Bernard Gui s'y est suffisamment désigné par ces paroles du début : « Nos fr. B., episcopus Lodovensis... ex certa sciencia approbamus. » La seconde a un double objet : elle regarde les confesseurs parmi lesquels

---

(1) M. Aug. Molinier, l'auteur du *Catalogue des manuscrits de la Bibliothèque de Toulouse*, a attribué à Bernard Gui la somme de la foi chrétienne qui remplit le dernier cahier du ms. 191. Mais c'est à tort : il n'y a de commun entre cette somme et le *Libellus* que le sujet, traité dans la somme avec plus d'ampleur et sur un plan différent. M. Aug. Molinier a, d'ailleurs, commis une double erreur en renvoyant à Quétif et Echard et à M. Léopold Delisle, allégués par lui pour justifier l'attribution de cette somme à Bernard Gui. Quétif et Echard n'ont eu en vue que notre *Libellus*, dont ils ont donné le titre, et la somme du ms. 191 est dépourvue de titre. Quant à M. Léopold Delisle, il a renvoyé au ms. 450 (classement actuel) et non au ms. 191. Quétif et Echard, *Script. ord. Praed.*, I, 578ᵇ; M. L. Delisle, *Notice sur les manuscrits de Bernard Gui*, 363.

elle met les frères Mineurs et les frères Prêcheurs; — elle porte condamnation du théologien Jean de Pouilly, professeur à Paris, prétendant que tous les fidèles étaient tenus de reconfesser à leur propre curé les péchés confessés à des religieux; elle porte aussi notification et publication de la Bulle *Vas electionis*, par laquelle le pape Jean XXII avait, cinq ans auparavant, condamné trois propositions de ce théologien tendant à obliger les fidèles à se confesser une seconde fois à leur curé et à refuser au pape le droit de dispenser de cette obligation, qu'avait imposée le quatrième concile de Latran de 1215, en édictant le commandement de se confesser et de communier à Pâques (1). Cette seconde ordonnance n'est pas datée. Mais la suscription : « Nos fr. B., Episcopus Lodovensis, » et la place qu'elle occupe dans notre manuscrit, immédiatement après l'ordonnance précédente, en désignent surabondamment l'auteur, qui est bien Bernard Gui.

Viennent ensuite dans le manuscrit 29 de Montpellier : 1° des règlements relatifs à la tenue du synode, le cérémonial, les présences, l'appel, les obligations pécuniaires de chaque paroisse, etc.; 2° un état des fêtes célébrées dans le diocèse de Lodève; 3° des avis adressés au clergé, *de honestate;* 4° la procédure par les curés pour l'excommunication à porter contre un paroissien; 5° enfin divers points touchant à la discipline et à la liturgie. Aucune de ces pièces n'est datée ni ne porte la suscription : « Nos fr. B., episcopus Lodovensis. » Je serai ici moins affirmatif; cependant il me semble qu'on peut y voir la main de Bernard Gui. Car on y professe une estime particulière pour les frères Prêcheurs, mis en première ligne, et pour les frères Mineurs (2) : ce qui, à cette époque, équivaut à une signature. Et si l'on objecte que des deux prédécesseurs de Bernard Gui, l'un, Jacques de Concos, était frère Prêcheur, et l'autre, l'illustre Jean de la Tessandière, frère Mineur, je répondrai que la place occupée par ces pièces, entre la série précédente et le *Libellus,*

---

(1) Bulœus, *Hist. univ. Paris.*, IV, 968. Paris, 1668. — Raynaldus, *Annales.* Ann. 1321, 20-37. Rome, 1652. — P. Denifle, *Chartularium univ. Paris.*, II, 220, 243.
(2) Fol. 82 B.

qui sont de Bernard Gui, conduit à la même conclusion ;
sans compter que, d'après Plantavit, ces évêques ne parurent
peut-être pas à Lodève (1).

Cependant une restriction s'impose ici. De ce que ces
pièces occupent la place que je viens d'indiquer et qui me
paraît être presque une signature, il serait injuste et faux
de conclure que Bernard Gui a été un évêque novateur,
qu'il a introduit à Lodève un droit nouveau et brisé avec
les anciens usages. Rien de plus contraire à son caractère
et aux habitudes de l'époque. Seulement il reprit, revisa
et confirma les anciens règlements ; et ainsi il en fit son
œuvre.

Je serai moins long sur les statuts de 1325, ainsi annoncés
dans notre manuscrit : HEC SUNT STATUTA, ORDINATIONES,
CONSTITUTIONES SINODI LODOVENSIS IN FESTO SANCTI LUCE CE-
LEBRATE, ANNO DOMINI M°CCC°XXV°. L'hésitation n'est pas
possible, puisque, à cette date, Bernard Gui occupait le siège
épiscopal de Lodève, et que les synodes étaient moins une
assemblée délibérante que la réunion du clergé, qui s'y re-
nouvelait dans le devoir de sa difficile charge. L'évêque, en
effet, y portait à sa connaissance les statuts, ordonnances et
constitutions régissant le fonctionnement de la vie diocésaine.
De là ce langage impératif : « Statuimus, ordinamus, precipimus, interdicimus, monemus semel, secundo et tertio, »
que l'évêque tient en s'adressant au clergé de son diocèse,
« rectoribus, capellanis et curatis nostre diocesis. » L'évêque prononce, ordonne, enjoint. Les Statuts qu'il donne au
clergé sont et restent son œuvre.

Les Statuts de 1325, édictés par Bernard Gui, commencent
au folio 53 B dans le manuscrit 29 de Montpellier. Ils sont
précédés par d'autres statuts dont les matières sont disposées
dans l'ordre suivant :

DE BAPTISMO, fol. 2-fol. 4.
DE PENITENTIA, fol. 4 B-fol. 15.
DE SACRAMENTO, fol. 15-fol. 20.
DE VENERATIONE ECCLESIARUM, fol. 20-fol. 21.

(1) Il dit de Bernard Gui « absentiam trium posteriorum praedecessorum suorum residentiâ suâ compensavit. » *Chronolog.*, 290.

DE ALIENATIONE RERUM ECCLESIASTICARUM ET OBLIGATIONE IPSARUM, fol. 22-fol. 23.

DE VITA ET HONESTATE CLERICORUM, fol. 23-fol. 25.

DE TESTAMENTIS, fol. 25-fol. 26.

DE SEPULTURIS, fol. 26-fol. 28.

DE DECIMIS, fol. 28-fol. 30.

DE SPONSALIBUS ET MATRIMONIO, fol. 30-fol. 35.

DE SENTENTIA EXCOMMUNICATIONIS ET INTERDICTI, fol. 35-fol. 45.

DE PERJURIIS, fol. 45-fol. 46.

DE JUDEIS, fol. 46-fol. 47.

A la suite viennent des pièces annoncées par la rubrique suivante :

Post omnia supradicta ponuntur hic quedam capitula non habentia titulos speciales, fol. 47-fol. 53.

Faut-il voir en tout cela une œuvre de Bernard Gui? La question se pose, d'autant que, les premiers folios du manuscrit manquant, la rubrique liminaire a disparu, et que cette partie du manuscrit est dépourvue de toute date et de toute suscription épiscopale.

D'abord rien ne permet d'affirmer, comme pour les autres parties du manuscrit, que celle-ci contienne une œuvre de Bernard Gui. Ici il faut nécessairement hésiter. Il me semble qu'il y a même des raisons de douter. Nous savons que Bernard Gui prit possession de son siège le 21 mars 1325. D'après le comput actuel, la fête de Pâques tomba cette année le 7 avril. C'est donc le jeudi avant le dimanche de la Passion que le nouvel évêque fit son entrée à Lodève. Assurément il n'est pas impossible qu'il ait tenu le synode de Pâques; il faut qu'il l'ait tenu pour pouvoir lui attribuer la paternité de cette partie du manuscrit, puisque, d'une part, le synode qui suit est du 16 octobre 1325, et que, d'autre part, il n'y avait annuellement que deux synodes, celui de Pâques et celui de la Saint-Luc, comme nous le voyons par les nombreux statuts synodaux publiés par Martène (1). Cinq semaines (2), dont une encore fut occupée par les fêtes paschales,

_____

(1) Thesaurus, IV.

(2) Du 21 mars au 24 avril, le synode de Pâques se tenait le mercredi après le second dimanche après Pâques. Voy. plus bas.

c'était un temps bien court pour préparer un premier synode, en convoquer les membres et le tenir. Ensuite, et cette raison est péremptoire, plusieurs des dispositions synodales, ou exhortations et monitions que nous lisons dans cette partie du manuscrit 29 de Montpellier, se retrouvent *ad verbum* dans les statuts synodaux d'autres églises voisines de celle de Lodève. Par exemple, l'article *De alienatione rerum ecclesiasticarum* (1) et l'article *De testamentis* (2) figurent tout au long dans les Statuts synodaux de l'église de Nimes édictés par l'évêque Raymond d'Amaury (3) (1242-1272); de même l'article *De vita et honestate clericorum* (4) est dans les Statuts synodaux de Guillaume de la Broue, évêque de Cahors (1316-1323) (5), et l'article *De Judeis* (6) dans les Statuts synodaux de Raymond de Calmont, évêque de Rodez (1274-1298) (7). Ces pièces communes circulaient dans la plupart des Statuts synodaux. Elles restaient innomées; elles appartenaient à tout le monde. Je suis porté à penser que des pièces de ce genre remplissent les folios qui précèdent le texte du synode de 1325.

Il ne faut pas en conclure que cette partie ne présente aucun intérêt au point de vue historique pour l'étude des mœurs en général et de la religion, le respect dont elle était entourée, l'usage familier des églises, la propriété ecclésiastique, etc. Elle est comme un témoin de l'état des choses dans le diocèse de Lodève au commencement du XIV⁰ siècle. A ce titre, et pour l'acquit de ma conscience, j'en extrais les passages principaux et je les donne ici.

DE VENERATIONE ECCLESIARUM.

« Item, inhibemus ne iudices seculares vel baiuli officiales, seu nuncii curie seculares in ecclesiis causas, lites, contentiones, seu placita audiant laycorum; nec in ipsis ecclesiis vel cimiteriis presumant aliqui coreas facere vel dicere cantilenas.

» Item, sub pena excommunicationis precipimus quod nullus lay-

---

(1) Fol 22.
(2) Fol. 25.
(3) D. Martène, *Thesaurus*, IV. 1043, 1046.
(4) Fol. 23.
(5) D. Martène, *Thesaurus*, IV, 725.
(6) Fol. 45.
(7) Archives de l'Aveyron.

corum seu officialium curie secularis aliquem hominem, vel bona seu eius res de ecclesia, cimiterio, hospitali vel domo religiosa extrahat violenter quantumcumque gravia maleficia perpetraverit, [nisi] publicus latro fuerit vel nocturnus depopulator agrorum, seu qui homicidium vel mutilationem membrorum in ipsis ecclesiis vel earum cimiteriis commite[re] non verentur, qui nisi per ecclesias ad quas confugiunt crederent se defendi, nullatenus ipsa maleficia in ipsis ecclesiis vel cimiteriis fuerant commissuri. In aliis autem casibus confugientes ad ecclesias, vel predicta loca religiosa cum rebus suis in eis existentibus a rectoribus et clericis ecclesiarum defendantur, nec ab aliquo extrahantur sine nostra licencia speciali (1). »

De alienatione rerum ecclesiasticarum et obligatione ipsarum.

« Prohibemus districte ne quis prior seu rector ecclesiarum nostre dyocesis calicem, libros ecclesiasticos, vestimenta sacerdotalia seu alia ornamenta ecclesiastica, aut res mobiles, ut aisinas domus, aut immobiles, ut domos, terras, vineas, prata seu quaslibet alias possessiones, census, quartos, tascas, usatica et similia ad ecclesias pertinencia, presumat vendere, dare, permutare in emphiteosim, seu in acapitum concedere, vel quocumque alio modo alienare absque nostra licentia speciali. Sed nec ipsas ecclesias ad collationem nostram spectantes, vel res, possessiones earum, aliquis fide iubendo vel alio modo obliget pro debitis alienis, nec etiam pro se ipso absque nostra licentia, ultra C. solidorum Tur. quantitatem.

. . . .

» De hiis autem et super his que sub dominio et iuridictione ecclesiarum clerici vel layci tenent ad opus ecclesiarum et nomine earumdem, rectores earum, si nondum factum est, faciant fieri recognitiones et publica instrumenta, ut sic in futurum ecclesiarum utilitatibus caveatur. »

De vita et honestate clericorum.

« Ut clericorum mores et actus in melius reformentur, continenter et caste vivere studeant clerici universi, presertim in sacris ordinibus constituti, quatinus in conspectu Dei omnipotentis puro ac mundo corde valeant ministrare.

» A crapula et ebrietate omnes clerici abstineant diligenter; nec officia seu commercia (2) secularia exercere presumant maxime inhonesta. Set nec possessiones in pignus recipiant, mimis, iaculato-

(1) Ms. : spirituali.
(2) Ms. : commentia.

ribus et instrioribus (1) non intendant, et tabernas prorsus evitent, nisi forte causa necessitatis in itinere constituti; ad aleas et taxillos non ludant, nec huiusmodi ludis intersint; nec ad luctos laycorum accedant. Coronam et tonsuram habeant congruentem; se in officiis ecclesiasticis et aliis bonis studiis cum diligencia exerceant; pannis rubeis au[t] viridibus, necnon manicis consuticis, aut sotularibus rostratis vel cordelatis non utantur, nec frenis, cellis aut pectoralibus deauratis. Enses non deferant, nec cutellos acutos, nec lanceas, seu falsones, nisi forte ex causa probabili timoris seu guerre. »

. . . .

« Sub pena excommunicationis inhibemus districte ne clerici per se truncationes membrorum faciant aut iudicent inferendas, sententiam sanguinis dictando, vel etiam proferendo aut scribendo; nec in loco in quo talia exerceutur, dum fuerint, interesse presumant. »

. . . .

« Nulli clerici, beneficia[rii] au[t] in sacro ordine constituti, procurationes seu bailias villarum, aut iudicaturas secularium principum recipere au[t] tenere presumant, aut procuratores seu advocati in curia seculari, nisi pro se ipsis et ecclesiis suis et personis miserabilibus et consanguineis suis; hec etiam omnia universis religiosis et sacerdotibus districtius inhibentes. »

. . . .

« Districtius inhibemus ne sacerdotes vel alii clerici in annualibus seu anniversariis comedant carnes diebus mercurii et sabbati; nec se inebrient, sed vinum sibi temperent, ac honeste se habeant et mature; atque recipiant et comedant pacifice ac sine murmure quod eis fuerit appositum, nec sibi faciant delicata cibaria preparari; precipientes quod ibi tunc legatur lectio a principio prandii usque ad finem, nisi propter hoc conventus .x. sacerdotum vel plurium congregatus est, et precipue cum fiunt annualia in ecclesiarum domibus sive claustris, ut sic ab illicitis confabulationibus compescantur qui cupiunt in prandio loqui superflua atque vana; nec in fine prandii fiat sermo sive predicatio, quia tunc non est hora predicandi conveniens neque abta » (sic).

« Annualia quoque seu anniver[sar]ia non fiant in ebdomada sancta, nec in septimana paschali, nec in ebdomada pentecostes, nec in septimana Natalis Domini, nec in vigiliis festivitatum Beate Marie Virginis, nec in festivitatibus apostolorum, nec in aliis diebus sollempnibus sive festis; sub pena excommunicationis districtius inhibentes ne presbiteri pro faciendis annualibus seu anniversariis

(1) Pour *histrionibus*.

congregati, inter se vel cum aliis rixentur seu verbis contumeliosis disputent vel contendant maxime post prandium, sicut quidam faciunt. »

DE TESTAMENTIS.

« In Tholosano studio (1) noscitur institutum ut cum aliquis voluerit condere testamentum, hoc faciat sub testimonio sui presbiteri vel alterius ecclesiastice persone, si proprius non possit haberi sacerdos, adhibitis bone opinionis viris, quos ad hec voluerit advocare; et testamenta aliter facta vigorem non habeant nec sint alicuius momenti. In concilio autem Narbone additum est quod testator careat ecclesiastica sepultura, donec de huiusmodi mandati contemptu ecclesie per successores ipsius defuncti satisfactum fuerit competenter. »

POST OMNIA SUPRADICTA PONUNTUR HIC QUÆDAM CAPITULA NON HABENTIA TITULOS SPECIALES.

« Item, prohibemus ne aliquis curam animarum alicuius ecclesie a nobis sibi comissam vel comitendam singulis annis in synodo beati Luche presumat usque ad aliam synodum eiusdem festi beati Luche dimittere nostra licentia non obtenta; precipientes districte quod rectores vel sacerdotes parrochiales, singulis annis, ad utramque synodum veniant, et stent in synodo beati Luche cum capis rotundis et in synodo paschali cum superpelliciis in ecclesia dum synodus celebratur. »

« Quia pro certo di[s]cimus quod quidam clerici ob amorem et gratiam clericorum et laycorum possessiones aliorum violenter invadunt, vindemiando vineas, segetes et fructus aliorum colligendo, atque aliquos occasione huiusmodi frequenter verberant et etiam vulnerant, propter quod contra clericos magnum scandalum in populo generatur, hoc sub pena excommunicationis fieri districtissime prohibemus... »

« Quidam clerici sibi vel precio a layci[s] cedi faciunt actiones, ut adversarios ad ecclesiasticum forum trahant, et eos quousque cum eis composuerint fatigant laboribus et expensis; quod fieri de cetero prohibemus. »

« Statuimus precipiendo quod quilibet presbiter in principio sui presbiteratus faciat fieri et habeat vestes sacerdotales proprias cum quibus, cum mortuus fuerit, valeat sepeliri (2). »

Rien n'indique que ces fragments soient l'œuvre person-

----

(1) *Concilio* sans doute.

(2) Fol. 20-fol. 26, fol. 47-fol. 53.

nelle de Bernard Gui. Il est certain d'autre part que plusieurs
des morceaux contenus dans les folios 2 à 53 du manuscrit 29
de Montpellier ne sont pas du célèbre évêque. C'étaient deux
raisons pour une de ne pas lui attribuer cette partie de notre
manuscrit (1).

En résumé, le manuscrit 29 de Montpellier contient trois
œuvres certaines de Bernard Gui : 1° le Statut synodal du
18 octobre 1325 ; 2° les Ordonnances de l'année suivante ;
3° le *Libellus* avec la *Recollectio*. Probablement les prescriptions ou règlements auxquels je donne le titre de FORMA
SYNODI sont de lui encore. Jusqu'ici le *Libellus* était seul
connu.

III

Je n'ose pas appeler cette constatation une découverte,
puisqu'elle était à la portée de tout le monde. Du moins, il
me sera permis de regarder ce résultat comme heureux,
d'abord pour les informations nombreuses et intéressantes
que le manuscrit 29 de Montpellier nous fournit sur la ville
et sur l'état du diocèse de Lodève en 1325 et en 1326, ensuite
pour les données non moins attachantes qu'on y trouve sur
la fin de la carrière d'un homme comme Bernard Gui, qui a
été de tout point remarquable, l'historien le plus éminent de
son époque, un des négociateurs qui, dans la diplomatie, ont
le mieux servi les intérêts généraux de l'Europe.

D'abord, la ville de Lodève. L'évêque applique les péni-
tences pécuniaires ou amendes « piis operibus ecclesie Sancti

---

(1) L'évêque Guillaume de Cazouls avait déjà, en 1252, rédigé un synodal qui fut
longtemps à l'usage de l'église de Nimes, et que Plantavit eut entre les mains.
« Et adhuc penes nos, » dit-il, « extat illius exemplar primordiale manu in tenuis-
simis membranis exaratum, quo usi sunt ab eo tempore in synodis annuis Lodo-
venses episcopi vel vicarii generales in eorum absentia, et episcopali sede vacante. »
Chronol. praesul. Lodov., p. 178. Aurions-nous ici une copie de ce synodal ? Dans
ce cas, il faudrait dire qu'en 1325, il n'avait plus qu'un intérêt rétrospectif. Entre
1252 et 1325, d'autres synodaux durent être rédigés, qui jouissaient d'une autorité
plus grande, comme étant l'expression de droits consentis ou de règlements nou-
veaux. Ainsi, en 1284, une sentence arbitrale termina un litige survenu entre l'évêque de Lodève et l'abbé de Saint-Guilhem. L'article quatrième porte « quod episcopus ecclesias S. Bartholomaei et S. Laurentii in villa S. Guillelmi existentes de
suo synodali deleri juberet nec illas in posterum proclamari sineret in synodis. »
Ibid., 230.

Genesii Lodovensis (1). » L'historien des évêques de Lodève, évêque lui-même, Plantavit de la Pause, a écrit de son église : « Duos agnoscit patronos, S. Genesium Arelatensem martyrem, et S. Fulcrannum suum praesulem (2). » Mais dans le haut moyen âge l'*Ecclesia sedis* était sous le vocable de saint Geniès (3). Bernard Gui nous dit qu'il en était ainsi encore de son temps : « Ecclesia Sancti Genesii sedis episcopalis in civitate. » Et ainsi il prévient toute confusion de l'église à laquelle il attribue les amendes avec l'église Saint-Geniès-de-Salasc, de l'ancien diocèse de Lodève. La peine pécuniaire de dix sols fut infligée à tout curé qui n'observerait pas les Statuts, au bénéfice de sa cathédrale. Elle perdit, au XVIᵉ siècle probablement, le vocable de saint Geniès et prit celui de saint Fulcran, qu'elle a conservé jusqu'à nos jours.

Deux autres églises de Lodève figurent dans la liste des églises du diocèse : c'est d'abord l'église Saint-Pierre, *Ecclesia Sancti Petri in civitate* (4) ; c'est ensuite l'église Saint-André, *Ecclesia Sancti Andree in civitate* (5). Plantavit de la Pause parle d'elles comme églises paroissiales encore de son temps (6) ; elles sont restées églises paroissiales jusqu'à la Révolution. L'église Saint-André faisait partie de la cathédrale ; c'était une chapelle servant au service paroissial, tandis que le chœur et l'avant-chœur étaient réservés au chapitre. Elle a perdu son ancien vocable pour celui du Sacré-Cœur qu'elle porte aujourd'hui.

Les églises Saint-Pierre et Saint-André étaient églises paroissiales *intra maenia* au XVIIᵉ siècle (7) ; l'église Saint-Pierre reconstruite l'est encore aujourd'hui.

Il faut enfin nommer l'église abbatiale de Saint-Sauveur pour avoir le compte des églises situées dans la ville.

Le diocèse de Lodève comptait soixante et douze églises, les deux églises de Saint-Barthélemy et de Saint-Laurent,

---

(1) Fol. 59 A, B.
(2) *Chronol. praesul. Lodov.*, 3.
(3) « Ecclesia Sancti Genesii sedis Leutevensis » (975). Cit. par Thomas, *Dict. topog. du départ. de l'Hérault*, 179.
(4) Fol. 74 B.
(5) Fol. 74 B.
(6) *Chronol. praesul. Lodov* , 3.
(7) Plantavit de la Pause, *Chronologia*, 3.

situées à Saint-Guilhem-le-Désert (1), non comprises : « Numerus ecclesiarum [in] episcopatu Lodovensi, preter duas que sunt in villa Sancti Guillelmi, LXX [II] ecclesie. » On en trouve soixante et treize dans la liste des églises placée après le Synodal (2). Il faut ajouter, en effet, au chiffre de soixante et douze Notre-Dame-de-Cornils, *Sancta Maria de Cornelio*, aujourd'hui commune de Lacoste. C'était l'église d'un monastère de religieuses cisterciennes (3). Mais l'administration de cette église n'appartenait pas à l'évêque de Lodève. C'est la raison pour laquelle Bernard Gui n'a parlé que de soixante et douze églises. Seulement elle avait un chapelain qui venait prendre place au Synode, sans être pour cela tenu de payer le droit synodal, *non dat synodum*, comme nous y lisons. Aussi, ce chapelain est-il nommé en dernier lieu dans la liste des églises du diocèse de Lodève.

Au XVII° siècle, le diocèse de Lodève ne comptait plus que quarante-huit paroisses, *quadraginta octo tantum*, disait son évêque Plantavit de la Pause (4). C'était peu, en effet, presque une déchéance : entre le XIV° et le XVII° siècle, le chiffre des paroisses s'était donc abaissé dans de grandes proportions. D'après cela, l'épiscopat de Bernard Gui répondrait à l'époque de son plus grand développement chrétien, résultat de la foi des fidèles et de l'administration épiscopale des siècles antérieurs.

Le synode se tenait annuellement deux fois, d'abord le mercredi qui suivait le second dimanche après Pâques, *die mercurii, scilicet proxima post dominicam qua legitur Euvangelium : Ego sum pastor bonus;* ensuite, le mercredi le plus rapproché de la Saint-Luc, qui tombe le 18 octobre, *circa principium yemis, scilicet die mercurii proxima festo sancti Luche* (5). Celui-ci s'était d'abord tenu à la Toussaint; Bernard Gui le fixa à la Saint-Luc. La tenue bis-annuelle du synode était devenue d'un usage universel.

---

(1) Voyez plus haut, p. xvn, note 1.
(2) Fol. 73 B-fol. 74 A.
(3) Plantavit de la Pause, *Chronologia*, 85, 97.
(4) *Chronologia*, 3. Thomas a écrit qu'il comprenait cinquante-trois paroisses, faisant cinquante communautés. Il les a nommées, *Dict. topog. de l'Hérault*, 97.
(5) Fol. 70 B.

Tous les prêtres ayant charge d'âmes étaient obligés de s'y rendre ou de s'y faire représenter. Bernard Gui porta une peine canonique contre les absents sans excuse : ils se fermaient la porte du service paroissial : *Absentes ingressum omnium ecclesiarum sibi noverint interdictum* (1). L'abbé de Saint-Sauveur pouvait assister au synode ; alors il s'y montrait avec tous les insignes de sa dignité ; il prenait place à gauche de l'évêque, tandis que l'archidiacre s'asseyait à sa droite ; l'évêque présidait. C'est processionnellement que le clergé se rendait de l'église Saint-Geniès au lieu du synode. La plupart des recueils de sermons du moyen âge, du XIII° au XV° siècle, contiennent des sermons *ad clerum ;* c'est, je crois, pour les synodes que ces sermons étaient composés, et à la messe solennelle dite immédiatement avant l'ouverture du synode ou dans l'intérieur du synode qu'ils étaient prononcés. La *Forma synodi* porte que le clergé entendait un sermon.

Nous ne voyons nulle part que la durée du synode fut d'avance fixée : on ne suivait pas une règle absolue (2) ; on s'inspirait des circonstances. La seule pensée qui se montre d'une manière bien nette, c'est qu'il ne se prolongeât pas longtemps. Aussi, Bernard Gui demanda à son clergé de se rendre à Lodève la veille du synode, et exhorta les curés à voir, dès leur arrivée, l'évêque ou son vicaire général, à l'effet de lui donner communication de toute affaire intéressant le synode ; de telle façon qu'on pût, le lendemain, éviter les longueurs. Quand l'évêque avait promulgué les statuts avec les peines canoniques qui en étaient la sanction, le synode se séparait.

Le synode entraînait des frais ; sa préparation avait exigé des soins, qui devaient être reconnus. En principe donc chaque église était tenue de payer un droit en argent. En fait, à Lodève, en vertu d'une ancienne coutume, sur soixante et douze églises quinze en étaient dispensées. La perception pour le synode de Pâques donnait au total 8 livres, 10 sous,

_____

(1) Fol. 70 B.

(2) Il semble qu'il durait trois jours, ou que du moins le clergé passait trois jours à Lodève. Fol. 72 B.

6 deniers et une obole. La perception pour le synode de la Saint-Luc donnait 65 sous et 5 deniers. Cette somme était partagée entre l'archidiacre pour les quatre dixièmes, l'archiprêtre pour un dixième, et l'évêque qui prenait le reste.

Le calendrier des fêtes, placé parmi les actes du synode, ne présente d'autre particularité intéressante que celle de la fête éminemment locale de saint Fulcran, évêque de la ville (946-1006). Nous savons que saint Geniès était le titulaire de la cathédrale : on faisait donc aussi sa fête et la fête de tous les patrons particuliers. De plus, en vertu d'un principe liturgique reconnu et d'une coutume ancienne, on célébrait la dédicace de l'église mise sous son vocable ou église cathédrale, *ecclesia sedis.*

Ce qui me parait un peu particulier à Lodève, c'est la participation du clergé paroissial à la cérémonie solennelle à laquelle, le jeudi saint, l'évêque faisait le saint chrême. L'abbé de Saint-Guilhem-le-Désert fournissait l'huile, l'évêque le baume nécessaire pour la confection du saint chrême (1). D'après la *Forma synodi,* sorte de *compendium* des règlements du diocèse et des obligations du clergé, tous les curés étaient tenus de se rendre à Lodève pour la cérémonie du jeudi saint. C'était peut-être la pratique ancienne, le vieil usage. Il tendait à tomber en désuétude. Ce qui le prouve, c'est que Bernard Gui se préoccupa de le relever ; seulement il demanda aux règlements de se relâcher de leur rigueur première. Il arrêta que, désormais, douze curés se rendraient, chacun avec un ministre, diacre ou sous-diacre, pour la cérémonie du saint chrême. Le diacre et le sous-diacre, hebdomadiers de Saint-Geniès, avaient le devoir étroit d'assister à la cérémonie (2).

On remarquera ici l'obligation qui est faite à chacun des douze curés désignés d'amener avec eux les uns un diacre, les autres un sous-diacre. Cette mention du diacre et du sous-diacre nous met en présence d'une organisation pour l'éducation et la formation cléricale bien différente de ce qu'elle est aujourd'hui. Tout le monde sait que les séminaires ont

(1) Fol. 83.
(2) Fol. 64 B.

été demandés par le concile de **Trente**, et fondés successivement à la fin du XVI⁰ siècle, dans le cours du XVII⁰, et après
le Concordat français de 1801. On se demande donc comment
et par qui, au moyen àge, les jeunes clercs étaient formés et
préparés aux redoutables fonctions du sacerdoce. C'étaient les
curés auxquels il étaient confiés qui prenaient ce soin. De là
la présence auprès d'eux de clercs de différents ordres, de
diacres et de sous-diacres, comme nous le voyons dans la
liste des églises dont les titulaires étaient tenus de se rendre
à Lodève pour la cérémonie du jeudi saint (1).

A propos et à l'occasion de l'éducation des clercs, je me
reprocherais de ne pas relever le passage de notre manuscrit
où il est parlé des maitres d'école et de ce qu'ils devaient
enseigner aux enfants. Voici ce passage, dont l'esprit appartient probablement à des ordonnances antérieures : « De magistris puerorum, quod in toto episcopatu non audeant aliquid
eos docere post alphabetum et psalmum *Deus in nomine tuo*
[Ps. LIII], nisi eos doceant *Pater noster* et *Credo in Deum*, et
Salutationem Beate Marie et signaculum Sancte Crucis (2). »
Ainsi, les maitres qui avaient enseigné aux enfants la lecture
et le chant, *alphabetum et psalmum*, ne passaient à un enenseignement plus élevé qu'après leur avoir fait apprendre
les prières essentielles, le *Pater*, l'*Ave* et le *Credo*. D'ordinaire, au XIV⁰ siècle, on y joignait quelques notions de
grammaire ou même quelques autres sciences, au gré des
intéressés, « in psalmis, alphabeto et grammaticalibus et aliis
scienciis de quibus fueris requisitus, » lisons-nous dans une
commission d'enseigner donnée par l'Official de Toulouse, le
27 juin 1327, au clerc Guillaume Amat (3).

Je note maintenant les particularités qui m'ont paru les
plus intéressantes.

D'abord, pour les testaments. Les clercs, jouissant d'un bénéfice, étaient tenus de faire leur testament en présence de
l'évêque, ou, à son défaut, de l'archidiacre ou de l'archiprêtre (4).

(1) A Lodève, le cas de curés n'étant pas encore prêtres s'était présenté : « De
ordinandis rectoribus ecclesiarum ; alioquin, privamus ecclesiis eosdem. »
(2) Fol. 81 B.
(3) Douais, *L'enseignement dans le haut Languedoc avant* 1789, 49.
(4) Fol. 81 A. Plantavit, p. 293, a attribué à Bernard Gui la création de l'ar

Quant aux simples clercs et aux laïques, ils ne pouvaient le faire « sine sacerdote parrochiali, » sans le curé : sinon il était entaché de nullité (1).

Ensuite pour les églises. Les livres, vases, vêtements et ornements ne pouvaient être ni aliénés, ni mis en gage (2), et nous touchons là à une des raisons pour lesquelles chaque curé, en entrant en charge, devait en dresser l'inventaire. Quant aux biens fonds, ils ne pouvaient être vendus que de l'aveu de l'évêque : car c'est de leur revenu que vivait chaque église. Il semble que, dans le diocèse de Lodève, un certain nombre de paroisses n'étaient pas encore pourvues d'un presbytère. Les curés furent invités à en faire bâtir un avec les revenus de leur église (3). Tous reçurent l'ordre de contribuer à la construction de l'église cathédrale : « adjuvent hedificium ecclesie maioris (4). » L'ecclesia maior ici ne peut être que Saint-Geniès, plus tard et aujourd'hui Saint-Fulcran. C'est sous l'épiscopat de Guillaume de Cazouls que l'idée vint de rebâtir dans le style ogival l'église du X⁰ siècle ; du moins on y pensa (5). A la fin du XIII⁰ siècle, on commença à la rebâtir sur de vastes proportions. Elle fut remaniée au XVI⁰; mais elle est restée inachevée : elle a un chœur sans abside.

Les revenus en nature, blé, vin et autres denrées susceptibles d'entrer dans la circulation commerciale, devaient être consommés sur place. En temps de paix, quand la sécurité publique ne courait aucun danger, les curés étaient invités à les garder « in domibus suarum ecclesiarum ; » il leur était interdit d'en former des entrepôts à Saint-Guilhem-le-Désert ou à Aniane, où régnaient deux abbayes puissantes et vénérables, ni à Clermont-l'Hérault, que sa position désignait comme le centre du commerce de la montagne et de la

chiprêtré de Lodève. Il est, en effet, question de l'archiprêtre dans le synodal, qui cependant se tait sur la création de ce titre.

(1) Fol. 81 A.
(2) Fol. 81 B.
(3) Fol. 83 A.
(4) Fol. 82 A.
(5) Ainsi, en 1253, l'évêque et le chapitre renoncèrent à leur droit de décime sur les paroisses de Notre-Dame des Salses et de Saint-Privat, en faveur de l'église Saint-Geniès, pour sa reconstruction. Plantavit, Chronol., 182.

plaine (1). Cette ordonnance de Bernard Gui me paraît digne
d'attention. Neuf ans auparavant, en 1316, le roi Philippe V
n'avait-il pas enjoint au sénéchal de Carcassonne de per-
mettre l'exportation par voie de terre ou de mer du blé, vin
et huile du Lodevois (2)? L'expérience ou les craintes mon-
traient peut-être le danger qu'il y avait à laisser partir pour
les pays lointains les objets de première nécessité. N'était-il
pas plus prudent d'assurer au Lodevois, pays montagneux et
pauvre (3), la jouissance du blé et du vin que sa terre pro-
duisait? On le mettait ainsi à l'abri des famines. En tout cas,
Bernard Gui avait la dignité du prêtre à protéger. Il tint donc
en garde l'esprit du clergé contre la tentation de faire le
trafic au loin, à un titre ou dans une mesure quelconque,
car les canons le lui interdisaient.

On ne manquera pas de remarquer les prescriptions épis-
copales aux curés de traduire en langue vulgaire, c'est-à-dire
en roman, *vulgariter declarare*, certains articles des Statuts
d'une portée pratique et universelle (4), ceux dont Bernard
Gui voulait que personne n'ignorât. Le champ à une double hypothèse est ainsi ouvert : ou bien la langue du clergé
parlant au peuple était universellement le roman ; ou bien
l'usage du français commençait à s'introduire ; mais on
l'abandonnait quand on voulait atteindre les classes populai-
res. Cette seconde hypothèse tendrait à expliquer la précau-
tion de Bernard Gui à demander la traduction en roman de
certains articles des Statuts et non de tous ; à moins que
l'expression *vulgariter declarare* signifie simplement une autre
langue que le latin, le roman ou le français.

On notera aussi les intrigues mensongères des pseudo-
quéteurs, trompant les âmes charitables par l'exhibition de
lettres apocryphes ou de signes faux, qu'ils accompa-
gnaient de récits calomnieux et capables de mettre le trou-

---

(1) Fol. 82 B.

(2) « Ut permitteret triticum, vinum et oleum de Lodovesio terra marique ex-
portari. » Plantavit, *Chronol.*, 276.

(3) Innocent IV le constatait, en 1251, après l'évêque Guillaume de Cazouls.
Plantavit, *Chronol.*, 177. — Cette bulle ne se trouve pas dans le Registre d'Innocent IV, publié par M. Elie Berger. Paris, Thorin. Neuf fascicules parus, 1881-1890

(4) Fol. 60 A.

ble et le désordre dans les relations des villes entre elles (1).

A relever encore la promulgation de la bulle de condamnation par Jean XXII de la doctrine de Jean de Pouilly, docteur de Paris, qui ne prétendait rien de moins que de restreindre l'autorité générale du Saint-Siège dans l'octroi du pouvoir de confesser, afin de l'enlever aux frères Mineurs et aux frères Prêcheurs (2); par suite, les pouvoirs les plus étendus, *in foro conscientiae*, furent donnés à ceux-ci dans tout le diocèse de Lodève.

Il faudrait maintenant énumérer les dispositions relatives au maintien de la religion, à la conservation des bonnes mœurs et à la protection des faibles contre les abus des seigneurs locaux. Bernard Gui, inquisiteur à Toulouse pendant dix-sept ans, ne pouvait que marcher sur les traces de ses prédécesseurs immédiats, en prononçant l'excommunication contre les hérétiques et leurs fauteurs. Seulement, je relève dans la formule d'excommunication l'emploi des expressions *fachillerius, fachilleria*, désignant les faiseurs de sortilèges (3). Je les crois peu communes. Il maintint ce cas parmi les cas réservés à l'évêque, *in foro poenitentiae*. La délation, la simonie, le concubinage continuèrent à y figurer (4) et ne furent pas épargnés, loin de là. Tout nouveau péage, toute augmentation des droits des péages déjà établis, furent impitoyablement poursuivis (5). Ainsi dans le Synodal de 1325, l'évêque reste ce qu'il était auparavant. Docteur des consciences, il veille pour empêcher, prévenir ou faire cesser les excès des seigneurs temporels.

Sans doute, les statuts synodaux de nos églises antérieurs à cette date ne nous montrent pas l'évêque sous une autre image. Mais, dès le règne de Philippe le Bel, on vit se produire, de la part des seigneurs temporels, des tentatives nombreuses de sécularisation, ou, sans aller jusque-là, d'affranchissement du domaine épiscopal. C'est l'époque où nous voyons, parfois à notre étonnement, apparaître ces in-

(1) Fol. 61 B.
(2) Fol. 66, fol. 67.
(3) Fol. 76 A.
(4) Fol. 62 B, fol. 63 A.
(5) Fol. 64 A.

folio massifs, remplis par les actes de reconnaissance, et que
les évêques attachaient avec des chaines de fer à la chaire
épiscopale, signe de leur protestation contre tout refus de
payer les anciens droits, expression pittoresque de leur vo-
lonté de les faire triompher. Dans le comté de Lodève, l'esprit général était le même qu'ailleurs, et l'obligation pour
l'évêque, seigneur temporel, de ne pas fléchir, plus étroite que
pour beaucoup d'autres évêques, à cause du nombre de ses
vassaux : sous l'épiscopat de Raymond Astolphe (1263-1280),
ils s'élevaient au chiffre de deux cent quarante-sept (1). Bernard Gui, aussitôt arrivé à Lodève, parcourut son diocèse,
exigeant partout de ses vassaux qu'ils lui rendissent l'hom-
mage ; si bien que les reconnaissances ou anciens titres de
son église remplirent cinq in-folios, dont un existait encore
au XVIIe siècle (2).

Quand donc on se demande ce que Bernard Gui a été
comme évêque, on ne peut s'empêcher de voir en lui un
administrateur distingué, qui, tout en tenant compte des circonstances, ne négligea rien pour assurer le maintien de ses
droits au spirituel et au temporel. C'était un ami de l'ordre
et de la règle. Il n'hésitait pas, ce semble, à prendre telle
mesure convenable quand il s'agissait de les faire respecter.
Par exemple, deux curés de Nébian ayant refusé de se rendre
à Lodève le jeudi saint, pour la cérémonie du saint chrême,
furent impitoyablement frappés d'excommunication (3). Nous
ne voyons nulle part que les seigneurs laïques lui aient
résisté ; au contraire, il fut pour eux, à cette époque
d'âpres revendications, un efficace pacificateur, même quand
il n'amena pas leur réconciliation avec lui. Plantavit de la
Pause et le *Gallia* ont cité des exemples de cette action
bienfaisante. Il n'y a pas lieu d'insister sur l'importance d'un
service aussi éminent.

Homme austère, frère Prêcheur, c'est-à-dire membre d'un
ordre mendiant dont la fondation remontait à un siècle, il

---

(1) Plantavit, *Chronol.*, 193.

(2) Plantavit, *Chronol.*, 289.

(3) « Excommunicavit duos capellanos ecclesiae de Nebiano, qui sacri chrismatis
coeremonie die Coenae non interfuerant. » *Gall. christ.*, VI, 554. Plantavit, *Chronol.*, 295.

s'appliqua à étendre, par les frères Mineurs et les frères Prêcheurs, l'influence des ordres de saint François et de saint Dominique, qui avaient inauguré avec tant de succès une réaction puissante contre le luxe, auquel les abbayes servaient de refuge depuis deux siècles. Il ne se borna pas à leur assurer, dans son diocèse, la liberté du ministère de la prédication et de la confession que tant d'autres leur refusaient ou s'efforçaient même de supprimer; il voulut encore que les curés, de même qu'ils faisaient connaître à l'évêque, le jour de sa visite, les vices dont les populations étaient contaminées, instruisissent de leur état les frères Mineurs et les frères Prêcheurs, *quando visitant ecclesias episcopatus* (1), expressions qui laissent entendre que la visite canonique leur fut peut-être plus d'une fois confiée ; en tout cas, ils parcouraient le diocèse en prêchant.

D'ailleurs, il s'appliqua, pour sa part, à développer le culte de la Vierge et le sentiment de reconnaissance que tout homme doit à Dieu, créateur, providence et rédempteur. Ainsi, il accorda dix jours d'indulgences à tous ceux qui, au chant solennel de la Préface, *Gratias agamus Domino Deo nostro*, inclineraient la tête *ad Dei omnipotentis reverentiam* (2). Il accorda de même dix jours d'indulgences à tous ceux qui, au son de la cloche, réciteraient *Pater noster* et *Ave Maria*; et, dans le diocèse de Lodève, la cloche se faisait souvent entendre, pour les églises dont c'était l'usage, dans la même journée : les jours de fête quatre fois, pour Matines, la Messe, Vêpres et Complies où l'on chantait le *Salve, Regina* ; les jours ordinaires, huit fois, à savoir : pour Matines, Prime, la Messe, Tierce, Midi ou Sexte, None, Vêpres et Complies *pro Salve, Regina* (3). Ce son des cloches, animant la tour massive de Saint-Geniès et retentissant aux mêmes heures dans les gorges sauvages de l'Hérault et du Verdus, au fond des vallées de la Lergue et de la Soulondres et sur les hauts plateaux du Larzac, nous laisse, après six siècles, une joyeuse impression d'harmonie se mêlant au

(1) Fol. 82 B.
(2) Fol. 58 A.
(3) Fol. 57 B.

pittoresque d'un sol rocheux et d'une nature alpestre relevée d'histoire primitive par la présence des menhirs.

Voilà, en gros, d'après le *Synodal* de 1325, le tableau du diocèse de Lodève à cette date ; tels sont les traits qui viennent achever le portrait de l'évêque Bernard Gui, largement esquissé par Plantavit de la Pause et le *Gallia*. J'ose me féliciter de ma trouvaille. Nous connaissions dans Bernard Gui le frère Prêcheur et l'inquisiteur, l'historien et le négociateur heureux. Mais, de nos jours, on a oublié l'évêque, éclipsé par tant de gloire. Le *Synodal*, en appelant l'attention sur lui, le fera étudier et mieux connaître, sans compter qu'il aura une place honorable parmi les synodaux dont la critique comprend de plus en plus l'intérêt et la valeur pour l'étude des institutions ecclésiastiques.

Je publie ici : 1° *Statuta Synodi Lodovensis*, 18 octobre 1325 ; 2° *Ordinationes*, 15 octobre 1326 ; 3° *Forma synodi*, d'après le manuscrit 29 de Montpellier, quelquefois défectueux, mais unique ; 4° *Libellus de articulis fidei*, d'après le manuscrit 118 de Toulouse, contemporain de Bernard Gui et excellent ; 5° *Recollectio articulorum fidei*, d'après ce même manuscrit.

M. l'abbé J. Cambon, curé de Saint-Jean-de-Fos, paroisse de l'ancien diocèse de Lodève, a fourni une large souscription pour l'édition du *Synodal* rédigé par Bernard Gui. Ce n'est pas la seule œuvre d'intérêt général qu'il ait accomplie en faveur du diocèse de Montpellier. Je l'en remercie publiquement.

I

STATUTA SYNODI LODOVENSIS

18 OCTOBRE 1325

I

STATUTA SYNODI LODOVENSIS

Bibliothèque de la ville de Montpellier, Ms. 29.

HEC SUNT STATUTA, ORDINATIONES, CONSTITUTIONES SINODI LODOVENSIS
IN FESTO SANCTI LUCE CELEBRATE, ANNO DOMINI M° CCC° XXV°.

1. Predecessorum nostrorum vestigiis inherentes, statuimus et ordinamus, ut bis in anno, statutis temporibus, videlicet feria IIII* (1)
post dominicam qua (2) cantatur Euvangelium : *Ego sum pastor bonus*
[Joan., X, 11-16]; item, feria IIII* epdomade illius in qua festum (3)
sancti Luche Euvangeliste occurrerit celebrandum, omnes et singuli
rectores, et priores seu capellani curati nostri civitatis et dyocesis
Lodovensis, ac et[iam] religiosi qui de iure vel consuetudine tenentur venire ad synodum, sub pena suspensionis et interdicti et etiam
excommunicationis, ista nostra canonica ac preceptoria monitione
premissa et presenti synodali ordinatione peremptorie veniant; ve-
nientesque de mane tempestive sanctam synodum in ecclesia cathedrali intrent ieiuni in habitu congruo et decenti; et honeste se habeant in veniendo, stando et redeundo, in domibus quoque extra, ut
eorum honesta conversatio merito sit aliis in exemplum. Illi vero
qui ad synodum non venerint, vel venientes ante expletam synodum
illicentiati recesserint, ingressum ecclesie, presentis statuti auctoritate, sii.[i] noverint interdictum, et nisi prima [die] in mensem
proxime subsequentem coram nobis, aut vicario seu vicariis nostris
comparuerint, causam, si quam habent iustam et probabilem ostensu-
ri, premissa nostra monitione canonica et perhemptoria in hiis
scriptis eos ex nunc pro tunc excommunicationis vinculo innoda-

---

(1) Ms. : *IIII^os*.
(2) Ms. : *que*.
(3) Ms. : *scestum*.

mus. Predictam autem interdicti et excommunicationis sententiam

Fol. 54 B. incurrere nolumus nec intendimus illos qui a nobis de non veniendo ad synodum licenciam habuerint specialem (1).

2. Ad extirpandum crimen usu[r]arum quod utriusque Testamenti ac iuris pagina detestatur, monemus semel, secundo ac tercio, canonice ac perhemptorie, et synodali consultatione statuimus, quod nullus clericus vel laycus, cuiuscumque ordinis vel conditionis existat, per se vel per alium, publice vel occulte, usuras omnino vel aliquos contractus illicitos in fraudem pravitatis usurarie simulatos in civitate nostra vel dyocesi Lodovensi exercere presumat. Nos enim in quoslibet (2) contrarium facientes, cuiuscumque gradus vel conditionis existant, post trinam monitionem per nos hic factam, et per capellanos seu rectores parrochiales eorumdem super hoc in eorum ecclesiis publice subsecutam, excommunicationis sententiam quam ferimus in hiis scriptis, ipsos incurrere decernimus ipso facto; a qua quidem sententia eosdem absolvi posse nolumus, donec a predictis destiterint et restituerint plenarie sic extorta; nec eorum oblationes in ecclesiis recipiantur; et si (3) in tali statu decesserint, in

Fol. 55 A. cimiteriis non sepeliantur, nec clerici intersint exequiis talium. Iniungimus autem districte omnibus et singulis ecclesiarum rectoribus nostre dyocesis Lodovensis, seu capellanis qui vice rectorum deserviunt in eisdem, ut predictas monitiones [infra] primum unum mensem post eorum redditum a synodo computandum, per tres dominicas clare et dilucide faciant in eorum ecclesiis, cum ibidem ad divina convenerit populi multitudo. Quibus monitionibus ut premittitur factis, volumus per totam nostram dyocesim in singulis ecclesiis presentem nostram sententiam singulis diebus dominicis sollempniter publicari et usurarios omnes excommunicatos publice nunciari.

3. Statuimus etiam et monemus atque precipimus, ut omnes et singuli clerici, rectores aut priores curam animarum habentes vel ecclesias obtinentes, residenciam in eisdem ecclesiis faciant personalem.

Canonici nostre Lodovensis ecclesie cum (4) aliis rectoribus qui sunt vel erunt in nostro servitio occupati, quandiu fuerint in eodem, ... (5) monentes omnes et singulos, semel, secundo et tercio, canonice et perhemptorie, ut infra mensem a tempore presentis monitio-

---

(1) Ms. : spiritualem.
(2) Ms. : quemlibet.
(3) Ms. : sic.
(4) Ms. : es.
(5) Phrase mutilée dans le manuscrit.

nis et statuti continue computandum, ad easdem ecclesias veniant pro residencia effectualiter facienda, nisi a nobis habuerint super hoc licenciam specialem; alioquin, a suis beneficiis, presentis constitutionis auctoritate, noverint se suspensos; et alias contra eos per excommunicationis sentenciam procedemus, prout nobis de iure videbitur faciendum.

4. Item, statuimus et interdicimus ut nullus habens beneficium ecclesiasticum in civitate vel dyocesi Lodovensi, modicum sive magnum, cuiuscumque conditionis existat, sive beneficiatus, sive rector, sive alius, concedat ipsum beneficium ad firmam vel assenset, nec fructus ipsius beneficii vendat seu arrendet, nec aliquis emat illos sine nostra licencia speciali. Alioquin, contrarium facientes a suis beneficiis duximus suspendendos (1) et alias prout iustum fuerit puniendos.

5. Item, statuimus et mandamus quod omnes rectores ecclesiarum civitatis et dyocesis Lodovensis sententias (2) excommunicationis, suspensionis et interdicti latas a nobis seu a nostris offici[ariis] servent et servari faciant a suis parrochianis, ipsos nominatim, si necesse fuerit (3), monendo semel, secundo ac tercio et perhemptorie, quod dictas sententias servent; et non intrent ecclesiam quamdiu fuerint in sententiis supradictis; alioquin, ipsos si poterunt ab ipsis occulis expellant; nec ipsis presentibus in ipsa ecclesia, divina officia celebrentur.

6. Item, predecessorum nostrorum vestigiis inherentes, monemus semel, secundo et tercio ac peremptorie, ne quis (4) iuridictionem nostram et iura nostra et capituli nostri vel ecclesiarum nostre dyocesis ecclesiasticam, spiritualem et temporalem, impediat vel impediri faciat palam vel occulte, opem seu consilium vel favorem prestet vel prestari faciat, invad[et] insuper aliquatenus seu molestet; alioquin, tribus monitionibus legitime factis per dierum congrua intervalla, in predictis contrarium facientes aut in aliquo predictorum, cuiuscumque status, dignitatis vel conditionis maxime nostre civitatis au[t] diocesis Lodovensis existant; quos nunc ut ex tunc excommunicamus in hiis scriptis; excommunicati publice per singulas ecclesias nuncient[ur]; non revocantes propter hoc alias sententias contra tales per nos seu per predecessorem nostrum perlatas, eas penitus approbamus et etiam confirmamus.

7. Item, mandamus rectoribus, seu prioribus vel capellanis cura-

---

(1) **Ms.** : *suspendentes*.
(2) **Ms.** : *sententiam*.
(3) **Ms.** : *fuerint*.
(4) **Ms.** : *quid*.

tis in nostra (1) Lodovensi dyocesi constitutis, quatinus publice de-
nuncient in ecclesiis suis semel singulis mensibus per aliquam diem
dominicam esse excommunicatos (2) omnes illos qui ecclesiasticos
seu personas ecclesiasticas capiunt per se, vel per alium, seu capi
faciunt, vel captos [de]tinent vel detineri faciunt, sine mandato nostro
speciali [vel] officialis (?), vel alias si quatenus sacre constitutiones
concedere dinoscuntur.

8. Ad................... personarum ecclesiasticarum immunitatis
privilegia ac iura Lodovensis ecclesie conservanda, et ad voraginem
avaricie cecitatis, quantum cum (3) divino auxilio canonice possumus, extirpandam, ad instar predecessorum nostrorum, presenti synodali constitutione (4) statuimus et monemus semel, secundo ac
tercio, canonice ac perhemptorie, ut nullus baro, nec quis alius dominus temporalis, cuiuscumque status, conditionis, dignitatis vel
preheminentie existat, vel ipsorum baiuli, iudices, servientes, au[t]
alii officiales temporales, quibuscumque nominibus censeantur, in
civitate vel dyocesi Lodovensi, per se vel per alium, seu alios, a clericis vel ceteris ecclesiasticis pro culpis, vel exessibus eorumdem,
redemptionem aliquam vel emendam, aut ab aliis quibuslibet danti-
bus seu solventibus pro eisdem, recipere, vel cum ipsis componere,
transigere vel pascissi alio modo presumant, nec in predictis, sive
aliquo predictorum opem aut consilium vel iuvamen impendant;
quod si secus ab aliquo temeritate propria, post hanc trinam monitionem nostram canonicam et perhemptoriam per nos iam factam,
quam per rectores et capellanos curatos nostre civitatis et dyocesis
Lodovensis per dierum debita intervalla, videlicet per tres dies seu
festivos, infra duos menses a presenti synodo computando generaliter et publice in ipsorum ecclesiis fieri precipimus et mandamus,
dum maior populi multitudo convenerit ad audiendum divina, ipsos
totaliter recipientes seu componentes vel convenientes opem, concilium vel munimen, sententiam excommunicationis quam dicta trina
monitione premissa, et nunc ut ex tunc in ipsos et eorum quemlibet
ferimus in hiis scriptis, incurrere volumus et presenti statuto synodali decernimus ipso facto; a qua sententia nullatenus absolvantur,
quousque omnia sic recepta integre restituerint, et pacta ceterasque
conventiones remiserint et episcopo Lodovensi... seu officiali suo
de transgressione predicta emendam fecerint conpetentem. Rectoribus autem et capellanis curatis supradictis districte sub precepto

(1) Ms. : *nostras.*
(2) Ms. : *excomunicationes.*
(3) Ms. : *cura.*
(4) Ms. : *constitutionem.*

obediencie iniungimus ut ter in anno, videlicet semel ante Natale
Domini, et semel in XL^a, et semel in sequenti tempore paschali, ut
nullus ignoranciam pretendere valeat, presentem costitutionem pu-
blicent in suis ecclesiis, in aliqua die dominica vel festiva, dum [ad]
audiendum divina in eisdem cleri et populi convenerit multitudo.

9. Item, ad instar predecessorum nostrorum, statuimus, ordinamus atque precipimus in virtute sancte obediencie et sub pêna excomunicationis, omnibus et singulis rectoribus et prioribus atque
vicariis eorum, curatis nostre civitatis et dyocesis Lodovensis, ut singulis diebus non festivis tocius anni quibus consuetum [est] campanas
pulsari (1), pulsent eas au[t] pulsari faciant pro (2) horis canonicis,
videlicet ad Matutinas, ad Primam et Missam, et Terciam, et Meridiem
ac Nonam, et Vesperas, et ad Completorium pro *Salve, regina* et salu-
tatione angelica ad honorem Beate Marie Virginis dicenda ; in festis
autem diebus ad Matutinas, Missam et Vesperas, et pro Completorio
tantum pulsent au[t] pulsari faciant in ecclesiis suis.

10. Ad laudem vero et honorem Dei, devotionemque populi exi- Fol. 58 A.
tandam, concedimus indulgenciam .x. dierum pro qualibet hora omnibus tam clericis quam laycis, qui audientes pulsationem dictarum
horarum dixerint *Pater noster* et salutationem angelicam *Ave, Maria,*
ut Deus defendat, exaltet bellantes et det bonum regnum domino
nostro summo pontifici et omnibus rectoribus universalis ecclesie et
pacem domino regi Francie et regno.

11. Item, ad omnipotentis Dei laudem et augmentum fidei catholice ac populi christiani devotionem et animarum utilitatem, nos B.,
Dei gratia episcopus Lodovensis, statuimus ut quicumque fideles et
devoti vere penitentes et confessi, qui audient in principio Prefatio-
nis misse cuiuslibet celebrande proferri que secuntur, videlicet : *Gra-
cias agamus Domino Deo nostro*, et in dictorum verborum prolatione,
ad Dei omnipotentis reverenciam, devote inclinato capite, gratias et
laudes reddiderint altissimo creatori pro qualibet vice cuilibet, sicut
premittitur, reddenti gratias, .x. dies de iniunctis sibi penitentiis in
Domino misericorditer relaxamus.

12. Cum necessarium sit [ut] in ferro abscindantur vulnera que (3)
fomentorum non sentiunt disciplinam, idcirco cum nonnulli nostre
Lodovensis dyocesis sententias excommunicationis ab officiali (4)
nostro latas (5) incurrerint quas per annum et ultra sustinuerint et Fol. 58 B.

(1) Ms. : *campanis pulsatam.*
(2) Ms. : *per.*
(3) Ms. : *in.*
(4) Ms. : *officiis.*
(5) Ms. : *letas.*

adhuc sustinent pertinaciter animo indurato claves sancte matris ecclesie contempnendo, precipimus districte et monemus omnes et singulos priores seu rectores et capellanos curatos ut intra .xv. dies a
presenti synodo computandos parrochianos suos predictos sic exco-
municatos mittant in scriptis et nomina ipsorum, ut tempus quo sic
excomunicati steterunt officiali nostro pro suis demeritis taliter cor-
rigendos, ut quos ad (1) vite decora domestice laudis exempla non
revocant, saltem correctionis medicina compellat.

13. Cum nonnulli in sacerdocio constituti ad remotas partes se
transferunt et ibidem plebibus celebrare divina presumunt absque
comendaciis seu testimonialibus litteris prelatorum suorum, nec de
sua canonica ordinatione faciunt ullam fidem, quod est honestati
contrarium et a sanctorum patrum constitutionibus alienum; idcirco
ad instar predecessorum nostrorum, monemus semel, secundo et
tercio et perhemptorie sub pena excomunicationis, priores et rectores ecclesiarum nostre dyocesis ne tales, de quorum canonica or-
Fol. 59 A. dinatione non constiterit et literas comenda[ti]tias a suis episcopis
non habuerint, ad curam et regimen ecclesiarum suarum aliquathe-
nus audeant presentare nobis aut vicariis nostris; alioquin, excomunicationis sententiam poterunt merito formidare.

14. Statuimus et etiam ordinamus, sicut (2) a nostris predecessoribus dudum extitit statutum et ordinatum, ut quicumque iuste a nobis
vel officiali nostro fuerit excomunicatus et in excomunicatione per-
severav[er]it animo indurato, in quolibet mense quo in ea pertinaciter
steterit, dicto officiali (3) nostro qui pro tempore fuerit tres solidos
monete currentis solvere teneatur, ut quem divinus timor a malo
non revocat, temporalis pena saltem corripiat a delicto, quod statutum voluimus ad excomunicationis sententiam retrotrahi. Ne vero
dictum statutum ex radice avaricie procedere videatur, voluimus
quod dicta pena per nos vel officialem nostrum piis opperibus ecclesie Sancti Genesii Lodovensis debeat aplicari.

15. Similem vero ac talem penam duximus inponendam illis
qui (4) clandestine matrimonia contrahunt, et illis qui ipsis con-
Fol. 59 B. trahentibus scienter assistunt, favorem et consilium in petendo quod
matrimonium clandestinum contrahatur; inhibentes prioribus et
rectoribus ac capellanis curatis, ne antequam tale matrimonium contrahentes reconsiliati fuerint per nos vel officialem nostrum et con-
dignum satisfecerint, tale matrimonium in ecclesia sollempnizetur.

(1) Ms. : *ut quod rite.*
(2) Ms. : *sicut.*
(3) Ms. : *officio.*
(4) Ms. : *vel que.*

Predictus vero officialis noster qui pro tempore fuerit, rerum ac personarum qualitate pensata et circumstantiis indagatis, possit auctoritate nostra in penis predictis cum talibus dispensare.

16. Quoniam iure communis ratio suadet et equitas scripta confirmat quod ea que ad certum usum largitione vel alias sunt destinata fidelium, ad illum debeant et non alium qualibet occasione converti, presenti statuto ordinamus et sinodali constitutione prohibemus ne operarii, consiliarii seu rectores fabricarum vel operum ecclesiarum nostre civitatis et dyocesis Lodovensis, quocumque nomine nuncupentur, de cetero expendere audeant per se vel per alium quovis modo mutui, depositi, litigii, seu alio quesito colore redditus et proventus dictarum fabricarum et operum in quibusvis rebus consistant, in alios usus quoscumque, nisi dumtaxat in usus et opus dictarum fabricarum et in utilitatem nisi similem earumdem   Fol. 60 A. vel sibi vel suis, presumant quicumque aliqualiter applicare. Quod si forte sibi vel aliis mutuando, litigando, vel in fraudem debitores fabrice plus debito prorogando, contravenire presumpserint, ipsos, cuiuscumque gradus seu conditionis existant, presentis promulgatione statuti monitos ex tunc excomunicationis sententia innodamus; a qua etiam deposito officio nullatenus absolvantur, nisi prius dictis fabricis per eosdem realiter et plenarie fuerit satisfactum. Et ne pretextu (1) ignorancie possint excusationis velamen habere, precipimus in virtute sancte obediencie omnibus presbiteris curatis nostre civitatis et dyocesis Lodovensis quod presens statutum per IIII[or] dies dominicas sequentes presentem synodum habeant populo in suis ecclesiis publicare ac eius tenorem vulgariter declarare.

17. Quia vere nichil est quod magis debeatur hominibus quam ut eorum supperiorum voluntates (2) qui pia eulogia [reliquerunt] inpleantur, statuimus et ordinamus atque precipimus universis rectoribus seu prioribus ecclesiarum curatis et eorum vices gerentibus capellanis, ut (3) singulis annis post redditum suum de synodo paschali ac et hyemali, in tribus diebus dominicis inmediate sequenti-   Fol. 60 B. bus, intra missarum sollempnia moneant generaliter omnes et singulos testamentorum aut quarumlibet voluntatum seu dispositionum excecutores et heredes et bonorum successores, et generaliter quascumque personas qui seu que tenebuntur dare, solvere vel facere aliqua ad pias causas seu quoslibet pios usus iuxta defunctorum dispositiones, ut illa intra anni spacium a testatoris obitu computando dare, facere et solvere teneantur, nisi id quod agendum est prolixius tem-

(1) Ms. : pertextu.
(2) Ms. : voluntatis.
(3) Ms. : et.

pus necessario de sui natura vel ex testatoris dispositione(1) exposcat; alioquin, qui infra premissum tempus hoc adimplere neglexerint, moniti canonice et perhemptorie, quam monitionem nunc facimus et per predictos priores seu rectores ex parte nostra fieri mandamus, excomunicationis sententiam et alias penas a iure statutas merito poterunt formidare.

Prefati vero rectores seu capellani intra .xx. dies post lapsum tempus anni premissi nobis vel officiali nostro denunciare (2) teneantur personas quas in suis parrochiis noverint premissa intra premissum temporis spacium non implesse, ut per nos ad hoc per excogitata et oportuna remedia conpellantur, vel per nos ipsos, prout iura suadent, pie ipsorum decedentium (3) voluntates executioni debite demandentur.

Fol. 61 A.

Ad hoc precipimus rectoribus seu prioribus et capellanis curatis, ut moneant notarios in suis parrochiis commorantes quod legata ad pias causas in scriptis redacta, reddant eis; et ne insoluta remaneant, illa officiali nostro insinuare (4) festinent. Notarii vero qui testamenta defunctorum publicare et complere quantum ad relicta ad pias causas post competentem monitionem recusaverint, excomunicationi supponantur.

18. Item, monemus semel, secundo, tercio et perhemptorie (5) et sub pena excomunicationis omnes et singulos priores seu rectores ac vicarios in nostra dyocesi curam animarum habentes et in eis residentes, ut infra instans festum Beate Marie mensis augusti faciant seu fieri faciant integre et perfecte totum librum synodale, videlicet illi qui non habent; monemus etiam eodem modo et sub pena predicta omnes sacerdotes in nostra dyocesi curam annualem animarum habentes, quatinus legant a dicto festo Beate Marie mensis augusti in antea, semel in mense(6) augusti, dictum librum, ut sic se informent quomodo se habeant et quod sit per eos suis subditis consulendum, et quod presentem (7) monitionem manifestent prioribus, rectoribus aut vicariis ecclesiarum in quibus moram trahunt; idem sacerdotes infra mensem a die presenti continue computandum, si dicti priores, rectores aut vicarii fuerint absentes a nostra dyocesi.

Fol. 61 B.

19. Quoniam plures se esse questores hospitalium ecclesiarum et

---

(1) Ms. : *disponere.*
(2) Ms. : *denunciarum.*
(3) Ms. : *decendentium.*
(4) Ms. : *insinuate.*
(5) Ms. : *perhempter.*
(6) Ms. : *menses.*
(7) Ms, : *presentent.*

locorum religiosorum mensientes falsas literas referunt, et aliqui falsa et adulterina signa sibi imponunt, nonnulli quoque sanctuaria se deferre pretendentes, abusiones multas et religionibus et ecclesiarum ac locorum quorum nomine questa[n]t exercent, infamias et scandalum populorum predicant et divulgant; idcirco volentes circa hoc remedium quale possumus adhibere, precipimus omnibus et singulis prioribus, rectoribus et capellanis curatis, ut de cetero nullum questorem in suis ecclesiis sine (1) nostris aut apostolicis (2) litteris habeant (3), set nec eos sanctuariis seu reliquiis vel cartellis au[t] cedulis permittant, nisi ad ipsum specialiter nostre aut apostolice littere continebunt, set nec tunc ultra id quod predicte littere continebunt in plebis deceptionem et scandalum eos aliqua dicere permittant. Fol. 62 A.
Remissiones quoque seu indulgencias per alios quam per nos aut per dominum papam concessas recitari nullatenus permittant ab eisdem, aut questoribus occasione faciendi questum nichil omnino exigere aut ex pacto oblatum percipere presumant. Qui vero falsis litteris uti [in]venientur ad nos perducantur.

20. Quoniam ubi magis periculum vertitur, ibi (4) cautius est agendum, idcirco interdicimus omnibus rectoribus et curatis et aliis quibuslibet confessiones peccatorum audientibus in nostra dyocesi Lodovensi, ne (5) de casibus episcopalibus iure vel consuetudine ad episcopum pertinentibus seu episcopo reservatis se in absolvendo intromittant, sed ad nos seu penitentiarium nostrum tales fideliter remittere curent; ne aliquis pretextu ignorancie se in talibus valeat excusare, aliquos ex illis in sequentibus duximus exprimendos.

Primo siquidem remittendi sunt excomunicati tam a canone seu a iure quam ab homine seu iudice, in illis casibus (6) in quibus episcopus aut iudex potest absolvere, et irregulares etiam in illis casibus in quibus potest episcopus dispensare.

Item, postulantes commutationes votorum et violatores ipsorum. Fol. 62 B.

Item, homicidium voluntarium gladio seu veneno quibuscumque maleficiis perpetrantes.

[Item], sacrilegium in ecclesia committentes, bonorum ecclesiasticorum invasores violenti.

Item, incendiarii voluntarii tam locorum sacrorum quam non sacrorum.

(1) Ms. : *sum.*
(2) Ms. : *apostolice.*
(3) Ms. : *continent.*
(4) Ms. : *ubi.*
(5) Ms. : *nec.*
(6) Ms. : *canibus.*

Item, conspiratores seu coniuratores in destructionem vel mortem seu exheredationem dominorum suorum quibus era[n]t [per] iuramenta fidelitatis astricti, etiam si predicta non venerint ad effectum.

Item, contrahentes matrimonium clamdestinum in casu vel in gradu a iure prohibito scienter, et etiam prebentes in predictis opem efficacem et assistentes in predictis.

Item, sortilegii et divini, magistri seu magister diffamati.

Item, concubinarii manifesti clerici et layci.

Item, symoniaci quocumque genere symonie preter mentalem.

Item, invocatores demonum et inmolantes eisdem.

Item, illi qui absque licentia episcopi sui vel vicariorum suorum, tonsuram clericalem vel aliquos ecclesiasticos ordines ab extraneo episcopo susceperunt.

Fol. 63 A. Item, illi qui scienter divina celebrare presumpserint in loco subposito ecclesiastico interdicto.

Item, ferentes scienter falsum testimonium in iudicio, prece, precio, odio vel amore.

Item, falsantes sigillum Lodove aut eius curie, aut falsis seu falsariis litteris scienter utentes.

Item, comitentem stuprum vel adulterium, au[t] fornicationem in ecclesia vel in cimiterio.

Item, comitentes stuprum cum patre au[t] matre, et filio aut filia, au[t] fratre et sorore et consanguinea, aut compatre et cummatre.

Item, comitentes peccatum sodomicum contra veniam cum homine vel muliere, vel cum bruto animali quocumque.

Item, ubicumque vel cuicumque fuerit sollempnis penitentia iuiungenda.

Item, viri et mulieres qui per quamcumque negligenciam vel etiam in cautelam filios et filias opprimunt.

Item, abutentes crismate vel oleo sancto vel hostia consecrata.

[Item], divini et divine, fachilerii, sortilegii et malefici utriusque sexus, et petentes consilium ab eisdem, si id quod consultum fuerit duxerit ad effectum.

Fol. 64 A. Item, usurarii manifesti.

Item, raptores manifesti et specialiter depopulatores agrorum.

Item, incendiarii.

Item, qui scienter retinent instrumenta debitorum solutis ex toto debitis.

Item, qui scienter imponunt nova pedagia aut augmentant antiqua.

Item, impedientes iuridictionem episcopi Lodovensis spiritualem vel temporalem, et iura capituli Lodovensis et ecclesiarum diocesis palam vel occulte, et dantes ad hoc opem vel consilium vel favorem.

Item, illi qui clericos vel personas ecclesiasticas capiunt vel capi faciunt, vel captos detinent sine mandato episcopi vel officialis sui nisi quatenus (1) sacre constitutiones concedunt.

Item, omnes layci qui a clericis vel personis ecclesiasticis pro culpis vel pro excessibus eorum, redemptionem aliquam vel emendam recipiunt, sive sint domini temporales, vel ipsorum baiuli, vel iudices, vel servientes vel officiarii eorum, per se vel per alium, vel quicumque cum ipsis componere, convenire vel pascis[s]i, vel hoc presumunt; et qui in predictis vel aliquo predictorum impendunt opem, consilium vel favorem.

Verum si comittens aliquod (2) de premissis a confessore monitus et inductus nullo modo ad nos [vel] penitentiarium nostrum pro penitentia venire voluerit, vel si eius peccatum omnino occultum fuerit, confessor quamcicius comode poterit super hoc consilium (3) nostrum et licenciam exposcat.

Si vero manifestum fuerit, ad nos precise venire cogatur, nisi forte adeo senex vel corpore debilis sit ut venire non possit; et tunc sacerdos idipsum significare curet; vel in mortis periculo constitutus.

Fol. 63.

Porro ille (4) cui comisimus generaliter vices nostras quoad penitencias confitentibus iniungendas, nullam habet de iure in premissis spiritualibus casibus potestatem. Talia etenim mandato non transeunt generali, nisi expresse de casibus episcopalibus in parte vel in toto in nostra comissione mentio habe[a]tur.

21. Precipimus omnibus prioribus, rectoribus au[t] capellanis curatis, sub pena .x. sol. Tur., quod omnia statuta, ordinationes et mandata istius presentis synodi intra .xv. dies scribant seu scribi faciant et secum in suis ecclesiis teneant et secum ad sequentem synodum deferant, ut sciant quod agere debea[n]t et a quibus debeant abstinere; qui vero neglexerint [quod] debeant, aut non fecerint, predictam penam ipso facto incurrant, quam ope[ri] ecclesie Sancti Genesii applicamus.

(1) Ms. : *nisi chathenus.*
(2) Ms. : *aliquis.*
(3) Ms. : *consimilium.*
(4) Ms. : *id hiis.*

II

ORDINATIONES

15 OCTOBRE 1326

II

ORDINATIONES

Bibliothèque de la ville de Montpellier, Ms. 29.

I

ISTI SUNT RECTORES ECCLESIARUM VEL CAPELLANI EARUM QUI DEBENT VENIRE LODOVE ANNUATIM IN DIE CENE AD CONFICIENDUM CRISMA.

Isti sunt citra Lirgam (1) qui debent venire uno anno ad conficiendum [crisma].

Rector ecclesie de Caneto (2), cum subdyacono.   Fol. 64 B.
Rector ecclesie de Moresio (3), cum subdyacono.
Rector ecclesie de Rovinhaco (4), cum subdyacono.
Rector ecclesie de Marisfonte (5), cum subdyacono.
Capellanus ecclesie de Ulmeto (6), cum subdyacono.
Capellanus ecclesie de Planis (7), cum subdyacono.
Capellanus ecclesie de Nibianio (8), cum dyacono.
Rector ecclesie de Claromonte (9), cum dyacono.
Rector ecclesie de Podio albaygua (10), cum dyacono.
Capellanus ecclesie de Laurosio (11), cum dyacono.

(1) La Lergue ou Ergue, rivière qui traverse Lodève.
(2) Canet, canton de Clermont.
(3) Mourèze, canton de Clermont.
(4) Rouvignac, commune d'Octon, canton de Lunas.
(5) Mérifons, canton de Lunas.
(6) Olmet-et-Villecun, canton de Lodève.
(7) Les Plans, canton de Lodève.
(8) Nébian, canton de Clermont.
(9) Clermont-l'Hérault.
(10) Saint-Michel-du-Puech-d'Aubaignes, canton de Lodève.
(11) Lauroux, canton de Lodève.

Rector ecclesie de Rippa (1), cum dyacono.

Rector ecclesie de Pegayrolis (2) cum dyacono.

Item, dyaco[nus] et subdyaco[nus] ebdomadari[i] ecclesie Sancti
Genesii (3).

Isti sunt ultra Lirgam (4) qui debent venire ad conficiendum crisma.

Rector ecclesie Sancti Andree de Sangoniis (5), cum subdyacono.

Capellanus ecclesie Sancti Johannis de Fors (6), cum dyacono.

Rector ecclesie Sancti Saturnini (7), cum subdyacono.

Rector ecclesie Sancti Felicis plani Lod. (8), cum subdyacono.

Rector ecclesie de Seyratio (9), cum subdyacono.

Rector ecclesie de Monte petroso (10), cum dyacono.

Rector ecclesie de Bosco (11), cum dyacono.

Rector ecclesie Sancti Johannis de Pleus (12), cum dyacono.

Rector ecclesie de Salsis (13), cum dyacono.

Capellanus de Subercero (14), cum dyacono.

Rector Sancti Stephani (15), cum dyacono.

. . . .

Item, dyaco[nus] et subdyaco[nus] ebdomadarii ecclesie Sancti
Genesii.

Omnes isti supra scripti rectores sacerdotes sive cappellani debent
venire Lodovam (16) ad conficiendum crisma in Cena Domini cum
suo socio sibi prescripto, dyacono vel subdyacono; et debent sibi et
socio suo vestes sacras sui ordinis preparare et debent mane et tempestive venire. Quicumque autem, sicut suprascriptum est, non venerit, vel alium sacerdotem loco sui cum dyacono vel subdyacono
non miserit, ex virtute synodalis statuti et ordinationis presentis,

---

(1) Les Rives, canton du Caylar.

(2) Pégairolles, canton du Caylar.

(3) Eglise cathédrale de Lodève.

(4) La Lergue, rivière.

(5) Saint-André-de-Sangonis, canton de Gignac.

(6) Saint-Jean-de-Fos, canton de Gignac.

(7) Saint-Saturnin, canton de Gignac.

(8) Saint-Félix-de-Lodez, canton de Clermont.

(9) Ceyras, canton de Clermont.

(10) Montpeyroux, canton de Gignac.

(11) Le Bosc-Loiras, canton de Lodève.

(12) Saint-Jean-de-la-Blaquière, canton de Lodève.

(13) Saint-Privat-des-Salces, canton de Lodève.

(14) Soubès, canton de Lodève.

(15) Saint-Etienne-de-Gourgas, canton de Lodève.

(16) Ms. : *Lodovom.*

suspensionis ordinis sui sentenciam se noverit incurrisse; quam suspensionis sententiam a pluribus retro annis a predecessoribus nostris dudum latam, Nos fr. B., episcopus Lodovensis, in hac presenti sinodo sancti Luche ex certa sciencia approbamus et confirmamus; et ad reprimendam quorumdam negligenciam ac et contumaciam in hac parte, ad predictam suspensionis sentenciam adycientes, synodali constitutione statuimus et monemus semel, secundo ac tercio, canonice ac perhemptorie ac publice et in scriptis in hac presenti synodo congregata die mercurii ante festum sancti Luche, omnes et singulos rectores seu capellanos predictarum .xxiiii. ecclesiarum, qui tam in hac presenti synodo quam etiam in futuris synodis annuatim nominati (1) fuerint ut veniant aut mittant sacerdotem ydoneum loco sui cum ministro, dyacono vel subdyacono, apud Lodovam ad conficiendum crisma in Cena Domini, quod veniant tempestive modo (2) quo premitt[it]ur, tam sub pena suspencionis prescripta dudum ab antiquo lata ipso facto contra non venientes quam etiam sub penis infra scriptis, videlicet ut quicumque ex prenominatis no[n] ve[ne]rit vel non miserit sacerdotem ydoneum loco sui cum ministro dyacono vel subdyacono sibi deputato, nisi infra octo dierum spacium a Cena Domini computandum coram nobis vel coram episcopo Lodovensi, vel eius vicario seu vicarii[s] in spiritualibus, causam, si quam habet rationabilem et probabilem, ostensurus, vel nos, vel prefati episcopus seu eius vicarius duxerimus vel duxerint acceptandam, et facturus alias super hoc quod fuerit rationis, ex (3) nunc pro tunc nostra premissa monitione canonica preter penam supra scriptam, ex vi presentis statuti, ingressum ecclesie sibi noverit interdictum; et nisi infra alios octo dies immediate sequentes, quorum primorum duos pro primo, et alios duos pro secundo, et reliquos IIII°r pro tercio et ultimo termino peremptorio assignamus, venerit coram nobis, vel coram eodem episcopo seu eius vicariis sicut premittitur, eadem nostra monitione canonica premissa, cum crescente contumacia crescere (4) debeat et pena, et vigore presentis statuti et nunc et tunc excommunicationis sententiam se noverit incurrisse. Lata fuit hec sententia Lodove, in predicta synodo Sancti Luche publice congregata in ecclesia cathedrali, anno Domini M°CCC°XX°VI°. Statuentes ut predicta pena (sic) legantur et publicentur annis singuli[s] in synodo Sancti Luche, ne aliquis per ignoranciam se valeat excusare.

Fol. 65 B.

Fol. 66 A.

(1) Ms. : *nominatim*.
(2) Ms. : *com' o*.
(3) Ms. : *et*.
(4) Ms. : *crescente*.

II

Cum nulla possit consuetudine introduci quod aliquis preter sui
superioris licenciam confessarium (1) sibi eligere valeat qui possit
eum solvere aut ligare, ut legitur de Pe. et Re. Li°VI° [tit. X,
cap. XII] : *Si Episcopus*, ideo nos fr. B., episcopus Lodovensis, pro
securitate conscientiarum et pro salute subditorum nostrorum ne
desit eis copia confessoris, concedimus eis licenciam usque ad bene-
placitum nostrum, donec eam, si nobis visum fuerit, duxerimus re-
vocandam, quod singuli cappellani curati nostre dyocesis, quibus

Fol. 66 B.

incumbit divina celebrare frequentius et ministrare ecclesiastica
sacra[men]ta, possit unus alteri confiteri vel etiam priori seu rectori
ecclesie, si fuerit in sacerdocio constitutus, vel et priori seu rectori
alterius ecclesie nostre dyocesis maxime propinquo seu de vicinia
sua. Item, priores seu rectores possint confiteri capellanis ecclesiarum suarum, curatis vel et aliis rectoribus seu capellanis curatis
vicinis. Ceteri autem clerici et presbiteri nostre dyocesis habent con-
fessores de iure rectores seu priores et capellanos curatos sue (2)
parrochialis ecclesie, aliter non licet eis aliis preter sui superioris licenciam, preterquam penitentiario nostro aut religiosis habentibus a nobis seu ab Apostolica Sede licenciam seu potestatem
specialem au[t] generalem in nostra dyocesi audiendi confessiones
et absolvendi et iniungendi confitentibus sibi penitentias salutares,
sicut sunt fratres sacerdotes Predicatorum et Minorum ordinum ad
hoc per suos superiores rite electi et nobis consequenter presentati
iuxta formam et tenorem constitutionis super hoc edite.

Significamus autem omnibus et singulis prioribus et capellanis
curatis et presbiteris clericis et laici[s] universis, quod dominus
Johannes papa XXII^{us} in consistorio (3), de consilio fratrum suorum
cardinalium, dampnavit et reprobavit tres sequentes articulos tan-
gentes penitentie sacramentum, quod magister Johannes de Polia,
doctor theologie Parisius, cum sequacibus suis perperam sapiebat,
continentes errores, docens eos publice in suis predicationibus et in
scolis.

(1) Ms. : *confessoriis*.
(2) Ms. : *seu*.
(3) La bulle de Jean XXII est du 24 juillet 1321. Denifle, *Chartul. Univ. Paris.*
n° 798. Cf. n°° 764, 799.

Primo si quidem astruebat quod confessi fratribus habentibus licenciam generalem audiendi confessiones tenentur eadem peccata que confessi fuerant iterum confiteri proprio sacerdoti.

Secundo quod stante statuto : *Omnis utriusque sexus* edito in concilio generali, Romanus Pontifex non potest facere quod parrochiani non teneantur confiteri omnia peccata sua semel in anno proprio sacerdoti, [quem] dicebat esse parrochialem curatum (1).

Tercio quod papa non potest dare generalem potestatem audiendi confessiones, quoniam confessus habenti generalem licenciam teneatur eadem iterum confiteri suo proprio sacerdoti, quem dicebat [esse] parrochialem cura[tu]m.

Predictos, inquam, articulos et quemlibet eorum idem dominus papa tanquam falsos et erroneos et a doctrina sacra devios auctoritate apostolica dampnavit et reprobavit in consistorio, asserens doctrinam ipsis contrariam veram esse et catholicam, cum illi qui predictis fratribus confitentur non magis teneantur eadem peccata iterum confiteri quam si alias illa confessi fuissent proprio sacerdoti, iuxta dictum concilium generale, universis et singulis districtius inhibendo, ne qui[s]quam dictos articulos vel contenta in eis vel aliquo ipsorum utpote a catholicis mentibus respuenda tenere audeat vel defensare quomodolibet vel docere.

Fol. 67 B.

TENOR LITTERE APOSTOLICE SUPER PREDICTIS CAPITULIS (2).

Johannes episcopus, servus servorum Dei, venerabilibus fratribus patriarchis, archiepiscopis et episcopis, ac dilectis filiis electis, ad quos presentes pervenerint, salutem et Apostolicam benedictionem. Vas electionis doctor eximius et egregius predicator, cuius predicatio mundum docui[t] universum, presumptuosam (3) aliorum audaciam refrenat, sollicitus qui prudencie proprie innitentes in errores varios prolabuntur, nichil plus sapere quam oportet, sed ad sobrietatem sapere, salubri doctrina suggessit, ut iuxta sapientis eloquium quisque sue prudencie modum ponat. Sane dudum cum dilectum (4) filium magistrum Johannem de Polliaco, sacre theologie doctorem, certis ex causis, de fratrum nostrorum consilio, ad nostram presenciam vocassemus (5), fide digna relatio ad nostrum perduxit auditum quod ipse in quibusdam articulis tangentibus penitentie sacra-

---

(1) Ms. : *curantur.*
(2) Denifle, *Chartul. Univ. Paris.*, n° 798.
(3) Ms. : *presumptuosum*
(4) Ms. : *dilecte.*
(5) Ms. : *vacassemus.*

4

mentum non sobrie, sed perperam sapiebat, infra scriptos articulos
periculosos continentes errores docens publice in suis predicationibus et in consiliis et in scolis. *Primo*, siquidem astruens quod
confessi fratribus habentibus licenciam generalem audiendi confessiones tenentur eadem peccata que confessi fuerant iterum confiteri
proprio sacerdoti. *Secundo*, quod stante statuto : *Omnis utriusque
sexus*, edito [in] concilio generali, Romanus Pontifex non potest facere
quod parrochiani non teneantur confiteri omnia peccata semel in
anno proprio sacerdoti, quem dicit esse parrochialem curatum ; ymo
nec Deus posset hoc facere, quia, ut dicebat, implicat contradictio-
nem. *Tercio*, quod papa non potest dare generalem potestatem audiendi confessiones, ymo nec Deus, quin confessus habenti generalem licenciam teneatur eadem iterum confiteri suo proprio sacerdoti,
quem dicit esse, ut premittitur, parrochialem sacerdotem. Nos ergo

Fol. 68 B.

scire volentes [an] suggesta nobis veritatem haberent, articulorum
premissorum copiam eidem magistro Johanni fecimus assignari et
ad defensionem sui audienciam plenam sibi prebuimus, tam in nostra et dictorum fratrum nostrorum presencia in consistorio, quam
alias coram aliquibus ex ipsis fratribus per nos ad huiusmodi depu-
tatis. Unde licet prefatus Johannes magister dictos articulos et contenta in ipsis defendere niteretur, asserebat tamen se paratum credere et tenere in premissis et aliis ea que credenda et tenenda esse
Sedes Apostolica diffiniret. Nos igitur attendentes quod dictorum
articulorum assertio, predicatio et doctrina redundare poterant in
multarum perniciem animarum, ipsos [per] plures magistros in
theologia examinari fecimus diligenter. Nos ipsi etiam cum dictis fratribus nostris collocutionem sollertem habuimus super ipsis, per
quas quidem collocutionem et examinationem super hoc prehabitas,
comperimus predictos articulos doctrinam non sanam sed periculosam
multum ac veritati contrariam continere, quos (1) etiam articulos
omnes et singulos idem magister Johannes veris sibi rationibus opi-
nioni sue dudum habite contrariis demonstratis, in consistorio revo-

Fol. 69 A.

cavit, asserens se credere eos non veros, sed ipsorum contrarium verum esse, cum diceret se nescire rationibus sibi factis in contrarium
respondere. Ideoque, ne per assertionem, predicationem et doctrinam
huiusmodi (2) in errorem, quod absit, anime simplicium prolaban-
tur, *omnes predictos articulos et quemlibet eorumdem* tanquam
falsos et erroneos (3) et a doctrina sana devios auctoritate apostolica
dampnamus et reprobamus de fratrum consilio predictorum, doc-

(1) Ms. : *quod.*
(2) Ms. : *huiusmundi.*
(3) Ms. : *errores.*

trina[m] ipsis contrariam esse veram et catholicam asserentes, cum
illi qui predictis fratribus confitentur non magis teneantur eadem
peccata iterum confiteri quam si alias illa confessi fuissent eorum
proprio sacerdoti, iuxta dictum concilium generale. Optantes autem
veritatis vias notas esse fidelibus et cunctis erroribus preducere
(lis. : *precludere*) aditum ne subintrent, felicis recordationis Alexan-
dri pape [quarti] et Clementis [pape] quarti, Romanorum pontificum
predecessorum nostrorum, vestigia imitando, universis et singulis
districtius inhibemus ne quisquam dictos articulos per nos, ut premittitur, dampnatos et etiam reprobatos, vel contenta in eis vel aliquo ipsorum utpote a catholicis mentibus respuenda, tenere audeat   Fol. 69 B.
vel defendere quomodolibet et docere. Qnocirca universitati vestre
per apostolica scripta districte [p]recipiendo mandamus, quatenus
universi et singuli vestrum, in civitatibus et dyocesibus vestris con-
vocato clero communiter, premissa omnia et singula per vos seu
alios sollempniter publicetis. Nos enim eidem magistro Johanni
mandavimus quod ipse in scolis et in sermone Parisius predictos
articulos et contenta in eis tanquam veritati contraria proprie vocis
oraculo et asseveratione constanti publice debeat revocare; quod se
facturum dictus Johannes efficaciter repromisit. Datum Avinione,
ix. kls. augusti, pontificatus nostri anno quinto.

III

FORMA SYNODI

III

FORMA SYNODI

Bibliothèque de la ville de Montpellier, Ms. 29.

I. QUOCIENS ET QUALITER ET QUANDO CELEBRATUR SINODUS IN Fol. 69 B. EPISCOPATU LODOVENSI.

II. QUI TENENTUR VENIRE AD SYNODUM, ET DE PENA ILLORUM QUI NON VENERINT.

III. QUI TENENTUR SE INDUERE IN SYNODO CUM EPISCOPO.

IV. QUOD EUVANGELIUM SIT LEGENDUM IN UTRAQUE SYNODO.

V. QUE SUNT ILLA QUE DEBENT DICI IN SYNODO POST EUVANGELIUM.

VI. QUI SUNT VOCANDI IN SYNODIS ET QUOMODO RESPONDERE TE-NENTUR ET SURGERE.

VII. QUE SUNT ECCLESIE QUARUM CAPELLANI IN SYNODO SUNT VOCANDI.

QUE SUNT QUE DANT SYNODUM ET QUANTUM ET QUOMODO DI-VIDITUR SYNODUS.

VIII. QUE SUNT ECCLESIE QUE NON DANT SYNODUM ET TAMEN CAPELLANI VOCANTUR IN SYNODO.

IX. QUE SUNT FESTIVITATES QUE COLUNTUR IN EPISCOPATU LODO- Fol. 70 A. VENSI PRETER DIES DOMINICAS ET QUE HABENT IEIUNIUM.

X. QUE SIT FORMA EXCOMUNICATIONIS IN SYNODUM FACIENDE.

XI. QUA FORMA SACERDOTES EXCOMUNICENT.

XII. QUE SINT IN SYNODIS EXPONENDA ; ET ILLA HABENT SE AD TRIA : INSTRUUNT SI QUIDEM CLERICOS QUALES ESSE DEBEA[N]T ; SECUNDO QUID (1) AGERE ; TERCIO, QUID (2) VITARE TENEA[N]-TUR.

(1) Ms. : *quis.*
(2) Ms. : *quis.*

XIII. QUE SUNT NOMINA ILLORUM QUI TENENTUR VENIRE AD CONFICIENDUM CRISMA.

XIV. QUIS DEBET DARE OLEUM AD CONFICIENDUM CRISMA AD OLEUM BENEDICENDUM (1).

XV. QUI[S] TENETUR DARE BALSAMUM.

XVI. FORMA MONITIONIS EXCOMUNICATORUM.

XVII. BENEDICTIO SOLLEMPNIS IN SYNODO.

XVIII. COSTITUTIO SUPER MUTATIONEM SYNODI CELEBRANDE IN FESTO BEATI LUCHE.

I. QUOTIENS IN ANNO ET QUALITER SYNODUS CELEBRETUR.

Bis in anno secundum universalis ecclesie consuetudinem synodus celebratur. Quam consuetudinem observat ecclesia Lodovensi[s]. Prima igitur synodus paschali tempore celebratur, die mercurii scilicet proxima post dominicam qua legitur Euvangelium : *Ego sum pastor bonus* [Joan. X, 11-16]. Secundus vero synodus celebratur circa principium yemis, scilicet die mercurii proxima festo sancti Luche.

Fol. 70 B.   II. QUI TENENTUR VENIRE AD SYNODUM ET DE PENA ILLORUM QUI NON VENIUNT.

In prima synodo debent interesse (2) omnes sacerdotes et clerici, qui veniant (3) ad eandem induti superpelliciis tantum sine capis, in secunda cum superpelliciis et capis nigris et rotundis, vel saltem cum capis rotundis et nigris. Et est sciendum quod omnes qui curam habent animarum in dyocesi Lodovensi, scilicet vel rectores ecclesiarum vel capellani eorum, tenentur ad synodum venire, nisi prepediti fuerint canonica prepeditione, et tunc loco sui sufficientem (4) mittant procuratorem qui pro ipsis in synodo respondeat, et quare non venerint sufficienter eos excuset et mandata eisdem absentibus facta fideliter referat ; alioquin, absentes ingressum omnium ecclesiarum sibi noverint interdictum, donec suo episcopo se presentent et de tanta contumacia eidem ad suam plenarie satisfecerint voluntatem. Sciendum etiam quod die martis ante utramque synodum debent omnes venire ad civitatem, et ibi coram domino

(1) Ms. : *benedicere divinum.*
(2) Ms. : *interessent.*
(3) Ms. : *veniunt.*
(4) Ms. : *sufficienter.*

episcopo vel coram illo cui ipse commiserit proponere questiones
seu querimonias synodales et eisdem respondere; et eodem die
martis, finita missa maiori, pulsetur campana ad clericos congregan-
dos; quibus congregatis in ecclesia coram dicto episcopo, propo-
nantur querimonie et ipse communicet quibus viderit comittendas,
ne per ipsas querimonias subsequenti die mercurii synodus impe-
diatur.

Fol. 71 A.

III. Qui tenentur se induere in synodo cum episcopo.

Die igitur mercurii utriusque synodi, in ecclesia Sancti Genesii,
cantata Prima, cicius solito cantetur Tercia; et, ea cantata (1) et Missa
celebrata ac finito Meridie, induit se dominus episcopus post altare,
pulsata prius campana ad synodum congregandum; et indutus capa
serica, stola ac mitra, venit ad locum sibi paratum; et cum eo archidyaconus (2) et abbas Sancti Salvatoris induti capis cericis; vel si
abbas vel archidyaconus presens esse non poterit, loco sui veniat
indutus capa serica archipresbiter Lodove. Quando vero abbatem
presentem esse contigerit, deferat baculum suum pastoralem, sicut
dominus episcopus suum.

IV. Quod euvangelium sit legendum in utraque synodo (3).

Stante itaque domino episcopo in sede sua, antequam sedeat, stan-
tibus etiam iuxta illum hinc et inde archidyacono et abbate, vel loco
abbatis archipresbitero, veniat dyaconus coram episcopo eodem indutus alba, amictu, stola, manipulo et dalmatica, precedenti[bu]s
duobus ceroferariis candelis accensis et turibulario et incenso, presente (4) etiam subdiacono induto alba, amictu et manipulo, qui deferat ante diaconum textum E[u]vangelii; posito incenso in turibulo
per dominum episcopum, petat dyaconus benedictionem a domino
episcopo dicens : *Jube dompne*, et cetera. Qua obtenta, veniat ad
pulpitum et ibi legat Euvangelium, scilicet in synodo paschali :
Ego sum pastor bonus [Joan., X, 11-16], in synodo circa festum
beati Luche : *Designavit Dominus*, etc. [Lc., X, 1-9]. Quo alta voce
perlecto, referatur textus Euvangelii ad dominum episcopum obscu-
landus. Quo acto, recedat dyaconus cum subdyacono, cerroferariis
et turibul[ari]o.

Fol. 71 B.

(1) **Ms.** : *cantate.*
(2) **Ms.** : *archidyacono.*
(3) Titre mis dans le manuscrit au lieu et place du titre suivant, qui manque.
(4) **Ms.** : *presentem.*

V. [QUE SUNT ILLA QUE DEBENT DICI IN SYNODO POST EUVANGE-LIUM].

Tunc incipiat dominus episcopus alta voce *Alleluia*, et postea versum : *Veni, Sancte Spiritus*, quando paschali tempore synodus celebratur ; in alia synodo (1) incipiat ymnum : *Veni, creator Spiritus* ;
quo finito, dicat archidiachonus vel archipresbiter : *Orate*, et dicatur
ab omnibus sub silencio oratio Dominica ; ea finita, dicat episcopus
alta voce : *Et ne nos inducas.*

℣ Memor esto, Domine, congregationis tue.

℞ Salvos fac servos tuos.

℣ Ostende nobis, Domine, misericordiam tuam.

℞ [Et salutare tuum da nobis].

℣ Domine, exaudi [orationem meam].

℞ [Et clamor meus ad te veniat].

Dominus vobiscum.

[Et cum spiritu tuo].

Oremus :

Fol. 72 A. Assit nobis, quesumus, Domine, virtus Spiritus Sancti, qui et
corda nostra clementer expurget, et ab omnibus semper tueatur
adversis.

Omnipotens sempiterne Deus, dirige actus nostros beneplacito
tuo, ut in nomine dilecti filii tui mereamur bonis operibus habun-
dare.

Actiones nostras, quesumus, Domine, aspirando preveni, adiu-
vando prosequere, ut cuncta nostra operatio et a te semper incipiat
et per te cepta finiatur. Per Christum Dominum [nostrum].

Tunc sedeat dominus episcopus et tota synodus, et faciat ipse sermonem, vel cui ipse commiserit faciendum, et tunc sibi tradat baculum pastoralem.

VI. QUI SUNT VOCANDI IN SYNODIS [ET QUOMODO] RESPONDERE TENENTUR [ET SURGERE].

Expleto sermone, surgat archipresbiter et vocet omnes cappellanos
habentes curam animarum de singulis ecclesiis parrochialibus totius
episcopatus singillatim unumquemque (2) sic dicens : *Adest capellanus*

(1) Ms. : *synodum.*
(2) Ms. : *unusquisque.*

Sancti Salvatoris de Rippa. Et respondeat capellanus : *Adsum*, *domine* ; et sic de singulis. Ille autem qui vocatur ab archipresbitero, debet surgere de loco suo, et stare rectus, et removere capussium suum. Idem faciat quicumque clericus vel sacerdos, vel rector ecclesie vocatus in synodo a domino episcopo, vel ab archidiacono seu ab archipresbitero.

Licet autem quedam ecclesie parrochiales non teneantur dare de antiqua consuetudine synodum, nec etiam consueverint in synodo vocari, volumus tamen quod de cetero capellani earum vocentur in synodis, sicut et alii ; sed propter hoc non teneantur dare synodum, nisi de novo eis ab episcopis imponatur.

Sunt autem he ecclesie quarum capellani in synodo sunt vocandi, que vocantur post ordinationem synodi. (*Plus bas*, p. 35.)

Vocatis sacerdotibus [ab] archipresbitero, absentes interdicantur.

Item, omnibus presentibus prohibeatur sub pena interdicti ne aliquis eorum exeat de civitate, nisi prius solverit synodum.

Item, legantur festivitates que coluntur in episcopatu Lodovensi, sicut inferius continetur. (*Plus bas*, p. 36.)

Deinde instriat (*sic*) clericos suos dominus episcopus tam de rubricis inferius scriptis, quam de libro qui dicitur *Synodalis*, et de aliis, sicut magis (1) pro tempore viderit expedire ; et recitet ibi capitula Lateranensis concilii que viderit recitanda.

Item, constitutionem et precepta, si que fuerint facienda.

Et inde faciat excommunicationem, que in synodo fieri consuevit, cuius articuli (2) post ordinationem synodi continentur.

Quibus expletis, queratur de nominibus defunctorum post aliam synodum ; et tunc alta voce, incipiat dominus episcopus pro defunctis : *Libera me, Domine*; fini[tis] responso et versu, dicat (3) : *Pater noster*; et postea : *Et ne nos* ; et postea dicat preces consuetas et orationem *Fidelium, Deus*, cum aliis duabus precedentibus : *Deus qui inter apostolicos*, et : *Deus venie.*

Quibus finitis, dicat dominus episcopus confessionem generalem, sic : *Confiteor Deo*, etc. Qua expleta confessione ab ipso et tota synodo, dicat : *Sit nomen Domini benedictum*, vel benedictionem sollempnem ; et sic cum benedictione episcopali recedant et utraque synodus terminetur. Que audierint et plebibus suis fideliter referant que fuerint referenda, et in memoria teneant, in missis et orationibus suis, omnes defunctos qui in una synodo fuerint nominati us-

---

(1) Ms. : *magister.*
(2) Ms. : *articulum.*
(3) Ms. : *dicantur.*

Fol. 72 B.

que ad aliam synodum proximo venientem saltim sub memoria generali.

Item, legantur circa festum sancti Luche nomina illorum qui tenentur venire ad conficiendum crisma in die Cene, sicut superius denotantur. (*Plus haut*, p. 17.)

VII. [QUE SUNT ECCLESIE QUARUM CAPELLANI IN SYNODO SUNT VOCANDI. QUE SUNT QUE DANT SYNODUM, ET QUANTUM ET QUOMODO DIVIDITUR SYNODUS].

Iste sunt ecclesie in episcopatu Lodovensi, quarum capellani in synodo sunt vocandi, et dant inter duas synodos summam denariorum subnotatam.

Ecclesia Sancti Salvatoris de Ripa (1). Hec dat inter duas synodos tres sol. e[t] tres obolos.

Ecclesia Sancti Felicis de Lerato (2), iii. sol. et iii. obol.

Ecclesia Sancti Martini de Caslario (3), iii. sol. et iii. obol.

Ecclesia Sancte Marie de Pruneto (4), iii. sol. et iii. obol.

Ecclesia Sancti Genesii de Furnis (5), iii. sol. et iii. obol.

Ecclesia Sancti Johannis (6) de Sorbs, iii. sol. et iii. obol.

Ecclesia Sancti Mauricii (7), tres sol. et iii. obol.

Ecclesia Sancti Petri de Faia (8), tres sol. et iii. obol.

Ecclesia Sancti Martini de Castris (9), xxi. den.

Ecclesia Sancti Vincentii de Guta (10), xxi. den.

Ecclesia Sancti Baudilii de Somonte (11), iii. sol. et iii. [o]bol.

Ecclesia Sancti Stephani de Gorgatio (12), iii. sol. et iii. obol.

Ecclesia Sancti Scipriani de Subertio (13), iii. sol. et iii. obol.

Ecclesia Beate Marie de Foderia (14), xi. den. et [i.] obolum.

(1) Les Rives, canton du Caylar.
(2) Saint-Félix-de-l'Héras, canton du Caylar.
(3) Le Caylar.
(4) Le Cros-d'Alajou, canton du Caylar.
(5) Ms. : *Furutis.* Saint-Geniés-des-Fours, commune de Saint-Michel-d'Alajou.
(6) Ms. : *ecclesia Sancti Genesii Johannis.* Sorbs, canton du Caylar.
(7) Saint-Maurice, canton du Caylar.
(8) Saint-Pierre-de-la-Fage, commune de Partlages, canton de Lodève.
(9) Saint-Martin-de-Castries, commune de la Vacquerie, canton de Lodève.
(10) Saint-Vincent-de-la-Goutte, commune de Pégairolles-de-l'Escalette, canton du Caylar.
(11) Soumont, canton de Lodève.
(12) Saint-Etienne-de-Gourgas, canton de Lodève.
(13) Soubès, canton de Lodève.
(14) Fozières, canton de Lodève.

Ecclesia Sancte Marie de Salsis (1), III. sol. et III. obol.

Ecclesia Sancti Johannis de Pleus (2), III. sol. et III. obolos.

Ecclesia Sancti Salvatoris de Maderiis (3), XI. den. et [I.] obolum.

Ecclesia Sancti Johannis de Fors (4), XXI. den.

Ecclesia Sancte Marie de Cedratio (5), quinque solidos.

Ecclesia Sancti Martini de Ursayrolis (6), III. sol. et III. obol.

Ecclesia Sancti Petri de Avoyratio (7), III. sol. et III. obol. Fol. 74 A.

Ecclesia Sancti Fructuosi (8), III. sol. et III. obol.

Ecclesia Sancti Vincentii de Masoniis (9), III. sol. et III. obol.

Ecclesia Sancti Saturnini de Seyratio (10), III. sol. et III. obol.

Ecclesia Sancti Juliani de Vias (11), III. sol. et III. obol.

Ecclesia Sancti Andree de Sangoni[i]s (12), III. sol. et III. obol.

Ecclesia Sancte Brigide (13), tres sol. et III. obol.

Ecclesia Sancti Martini de Montepetroso (14), III. sol. et III. obol.

Ecclesia [Sancte] Marie de Cambos (15), XXI. den.

Ecclesia Sancti Martini de Granopiaco (16), XXI. den.

Ecclesia Sancti Saturnini (sic) de Pleus (17), III. sol. et III. obol.

Ecclesia Sancte Marie de Roviniaco (18), III. sol. et III. obol. et IIII. sol. pro alberga.

Ecclesia Sancti Martini de Cumbis (19), III. sol. et III. obol.

Ecclesia Sancte Marie de Marifontrer (20), XXI. den.

Ecclesia Sancti Privati de Navas (21), VI. den.

Ecclesia Sancte Marie de Moresio (22), VI. den.

(1) Les Salses, commune de Saint-Privat, canton de Lodève.
(2) Saint-Jean-de-la-Blaquière, canton de Lodève.
(3) Madières, cure encore en 1760, commune de Saint-Maurice, canton du Caylar.
(4) Saint-Jean-de-Fos, canton de Gignac.
(5) Le Cros, canton du Caylar.
(6) Saint-Martin-Durceirolles, commune du Bosc, canton de Lodève.
(7) Loiras, commune du Bosc, canton de Lodève.
(8) Saint-Frichoux, commune du Bosc, canton de Lodève.
(9) Sallelles, commune du Bosc, canton de Lodève.
(10) Ceyras, canton de Clermont.
(11) Saint-Julien-d'Avizas, commune de Saint-Félix-de-Lodez.
(12) Saint-Andre-de-Sangonis, canton de Gignac.
(13) Sainte-Brigitte, commune de Saint-André-de-Sangonis.
(14) Montpeyroux, canton de Gignac.
(15) Notre-Dame de Cambous, commune de Saint-André-de-Sangonis.
(16) Granoupiac, commune de Saint-André-de-Sangonis.
(17) Saint-Saturnin-de-la-Blaquière, commune de Lodève, d'après Thomas.
(18) Rouvignac, commune d'Octon, canton de Lunas.
(19) Saint-Martin-de-Combes, canton de Lunas.
(20) Mérifons, canton de Lunas.
(21) Saint-Privat-de-Navas. L'endroit où ce lieu se trouvait est inconnu.
(22) Mourèze, canton de Clermont.

Ecclesia Sancti Petri de Scoriano (1) (de Iriniano), vi. den.
Ecclesia Sancti Felicis de Lauzerio (2), iii. sol. et iii. obol.
Ecclesia Sancti Sexti de Variose (3), iii. sol. et iii. obol.
Ecclesia Sancti Stephani de Gorzar (4), iii. sol. et iii. obol.
Ecclesia Sancti Pauli de Claromonte (5), iii. sol. et iii. obol.
Ecclesia Sancti Stephani de Goriano (6), iii. sol. et iii. obol.
Ecclesia Sancti Michaelis de Damazano (7), iii. sol. et iii. obol.
Ecclesia Sancti Petri de Ulmeto (8), iii. sol. et iii. obol.

Ecclesia Sancti Michaelis de Podio de albargua (9), ii. sol.
Ecclesia Sancti Stephani de Otone (10), iii. sol. et iii. obol.
Ecclesia Sancti Martini de Salvesergues (11), iii. sol. et iii. obol.
Ecclesia Sancti Privati de Fontecassio (12), ii. sol.
Ecclesia Sancti Johannis de Lautrescleiras (13), ii. sol.
Ecclesia Sancti Martini de Caneto (14), ii. sol.
Ecclesia Beati Petri de Villaconio (15), vi. den.
Ecclesia Sancte Eulalie (16), ii. sol.
Ecclesia Sancte Marie de Chones (17), x. den. [i.] obol.
Ecclesia Sancte Marie de Sellis (18), x. den. et [i.] obol.
Ecclesia Sancti Petri de Abriniaco (19), vi. den.
Ecclesia Sancti Martini de Autellas (20) (*Corr.* Aurellas), xxi. den.
Ecclesia de Monte lancionis (21), iii. den.

(1) Joncels, canton de Lunas.
(2) Lauzières, commune d'Octon.
(3) Saint-Sixte-d'Avenas (?), commune de Clermont.
(4) Saint-Étienne-de-Gourgas, canton de Lodève.
(5) Clermont-l'Hérault.
(6) Saint-Étienne-de-Gorjan, commune de Clermont.
(7) Saint-Michel-de-Damassan, commune de Nébian.
(8) Olmet-et-Villecun, canton de Lodève.
(9) Le Puech, canton de Lodève.
(10) Octon, canton de Lunas.
(11) Saint-Martin-du-Bosc, commune du Bosc.
(12) Fouscaïs, commune de Clermont.
(13) Saint-Jean-de-Lestinclières, commune de Nébian.
(14) Canet, canton de Clermont.
(15) Villecun, commune d'Olmet-et-Villecun.
(16) Sainte-Eulalie-de-la-Recluse, commune d'Olmet.
(17) Sainte-Marie-du-Causse (?), commune du Causse-de-la-Selle.
(18) Celles, canton de Clermont.
(19) Brignac, canton de Clermont.
(20) Saint-Martin-d'Aurelles, commune de Brignac.
(21) Probablement Liausson, canton de Clermont.

VIII. [Que sunt ecclesie que non dant synodum, et tamen capellani vocantur in synodo].

Hic sunt ecclesie quarum (1) capellani vocantur in synodum, set non dant synodum.

Ecclesia Sancte Marie de Garigia (2).

Ecclesia Sancti Genesii de Lendenis (3).

Ecclesia Sancte Marie de Novacella (4).

Ecclesia Sancte Marie de Parlatges (5).

Ecclesia Sancti Geraldi (6).

Ecclesia Sancti Genesii de Salasco (7).

[Ecclesia] Sancti Laurencii de Valleta (8).

Ecclesia Sancte Marie de Lausorio (9).

Ecclesia Sancti Johannis de Peygayrolis (10).

Ecclesia Sancte Marie de Vacaria (11).

Ecclesia Sancti Genesii sedis episcopalis in civitate (12).

Ecclesia Sancti Petri in civitate (13).

Ecclesia Sancti Andree in civitate (14).

Ecclesia Sancti Egidii de Usclatio (15).

Ecclesia Sancti Martini de Combas (16).

Capellanus Sancte Marie de Cornelio (17).　　　　　Fol. 75 A.

Numerus ecclesiarum [in] episcopatu Lodovensi, preter duas que sunt in villa Sancti Guillermi, lxx[ii]. ecclesie.

Summa tocius synodi (18) est .viii. libr. et .ix. sol. magis et .vi. dinies et obolum. De ista summa recipit archipresbiter .vi. sol. et

(1) Ms. : *Hic... quales.*

(2) Notre-Dame de la Garrigue, commune de Montpeyroux.

(3) Saint-Geniès-de-Ledos, commune de Saint-Jean-de-Fos.

(4) Navacelles, commune de Saint-Maurice.

(5) Parlatges, canton de Lodève.

(6) Saint-Guiraud, canton de Gignac.

(7) Salasc. canton de Clermont.

(8) La Valette, canton de Lunas.

(9) Laurous, canton de Lodève.

(10) Pégairolles, canton du Caylar.

(11) La Vacquerie, canton de Lodève.

(12) Saint-Geniès, cathédrale.

(13) Saint-Pierre de Lodève.

(14) Saint-André de Lodève.

(15) Usclas, canton de Lodève.

(16) Saint-Martin-de-Combas, commune de Lodève.

(17) Cornils, commune de Lacoste.

(18) Ms. : *synodis.*

unum obolum. In synodo paschali recipit archidiaconus .xxx. et .iiii. sol. minus duobus denariis et obolo, inter .vii. ecclesias et tercium synodi ; archipresbiter de denariis et obolis empris (*sic*) .iiii. sol. minus obolo. Sic remanent domino episcopo .xl. et .vi. sol. et obolum.

Summa istius synodi est .iiii. libr. et .iii. sol. et .x. den. et obolum. In synodo circa festum sancti Luche est summa .lx. et .v. sol. et .v. den.; de qua recipit archidyaconus .xx. vii. sol. minus .ii. den. Item, archipresbiter .ii. sol. et .vi. di. Item, remanent domino episcopo .xxxvi. sol. et unum denarium.

IX. [Que sunt festivitates que coluntur in episcopatu Lodovensi preter dies dominicas, et que habent ieiunium].

Iste sunt festivitates que coluntur in episcopatu Lodovensi preter dies dominica[s] et preter illas que coluntur.

Circumcisio Domini.

Epiphania Domini.

Festum sancti Ylarii.

Festum sancti Vincenci[i].

Conversio sancti Pauli.

Purificacio Beate Marie.

Festum sancti Blasii.

Festum sancti Fulcranni.

Fol. 75 B. Cathedra sancti Petri.

[Festum sancti] Mathie apostoli; et habet ieiunium.

Annunciatio sancte Marie.

Marchi Euvangeliste.

Apostolorum Philippi et Jacobi.

Inventio Sancte Crucis.

Assencio Domini ; et habet ieiunium.

Nativitas sancti Johannis Baptiste; et habet ieiunium.

Apostolorum Petri et Pauli; et habet ieiunium.

Marie Magdalene.

Jacobi apostoli; et habet ieiunium.

Vincula sancti Petri.

Transfiguratio Domini.

Item, Justi et Pastoris.

Laurencii martiris; et habet ieiunium.

Festum sancti Genesii martiris.

Nativitas Beate Marie.

Exaltatio sancte Crucis.

Mathie apostoli; et habet ieiunium.

Dedicatio sancti Michaelis.

Sancti Francisci confessoris.

Dedicatio ecclesie sancti Genesii sedis Lodove in civitate.

Luche Euvangeliste.

Simonis et Jude; et habet ieiunium.

Sancti Martini episcopi.

Festum Omnium Sanctorum; et habet ieiunium.

Martini episcopi.

Sancti Andree apostoli; et habet ieiunium.

Sancti Thome; et habet ieiunium.

Nativitas Domini; et habet ieiunium.

Sancti Stephani.

Sancti Johannis Euvangeliste.

Sanctorum Innocentium.

Festum Pasche cum duobus sequentibus.

Festum Penthecosten similiter.

Festivita[te]s omnium sanctorum singularum parrochiarum, que in suis parrochiis celebrantur.

X. Hic est forma excommunicationis in singulis synodis faciende.

Auctorita[te] Dei omnipotentis Patris, et Filii, et Spiritus Sancti, et beatorum apostolorum Petri et Pauli, et beati Genesii martiris, et nostra, excommunicamus omnem heresim extollentem se adversus fidem catholicam, et omnes hereticos et fauctuores (sic) et deffensores et receptatores et credentes ipsorum; divinos et divinas, fachillerios et fachillerias, sortilegos et maleficos et omnes illos qui consilium querunt ab ipsis, si quod consultum eis fuerit duxerint (1) ad effectum; usurarios manifestos; concubinarios manifestos, clericos et laycos; raptores manifestos; incendiarios et specialiter depopulatores agrorum; et qui scienter retinent instrumenta, solutis ex toto debitis; et qui scienter imponunt nova pedagia vel imposuerunt vel augmentant (2) antiqua; istos, inquam, excomunicamus, tradentes illos in interritum carnis in manus Sathanee (sic), ut spiritus eorum salvus fiat in die Domini; et sicut candele iste extinguntur, sic opera illorum sint extincta coram Deo, donec peniteant et veniant ad emendationem.

Isti in qualibet synodo excomunicentur et etiam alii qui pro tem-

(1) Ms. : dixerint.

(2) Ms. : augmentam.

pore fuerint excomunicandi [in] synodo excomunicentur; tunc in synodo ad minus .xii. presbiteri cum episcopo teneant candelas accensas et extinguant eas, postquam episcopus extinguerit suam.

Item, eamdem excomunicationem et sub eadem forma faciant sacerdotes in ecclesiis suis postquam a synodis fuerint reversi.

Item, videndum est cum cautela quanta et dilectione sacerdotes debeant excomunicare subditos suos.

XI. HIC EST FORMA MONITIONIS, CITATIONUM ET SENTENTIARUM INTERDICTI SEU EXCOMUNICATIONIS.

Ego talis, capellanus talis ecclesie, auctoritate et mandato domini episcopi Lodovensis, vel eius officialis, coram vobis tali[bu]s testibus, vel publice in ecclesia ista vel in isto [loco], moneo semel te talem parrochianum meum, ut sacramentum quo[d] fecisti tali persone de danda seu solvenda sibi tali pecunie quantitate, solvendi (1) eidem dictam peccuniam usque ad talem diem studeas observare.

Si autem fuerit ipsum sacramentum factum pro alia causa, ut super matrimonio contrahendo vel super aliquo alio, illam causam in ipsa monitione capellanus exprimat et exponat.

Eodem modo faciat secundam et terciam peremptoriam monitionem et semper scribat causam pro qua fit ipsa monitio, annum, diem et locum, et personas coram quibus fiet monitio supradicta.

Item, eodem modo fiant citationes, semper adiecta causa pro qua quis citatur; et coram quo citatur, et locus ubi citatur exprimantur ipsi citatio[ni].

Facta autem monitione aut citatione sicut dictum est, semel, secundo et tercio perhemptorie coram testibus, et ipsis in scriptis redactis, feratur interdicti vel excommunicationis sententia, secundum quod in mandato continebatur, in hunc modum :

Vos alii domini, qui estis hic presentes, noveritis quod ego talis capellanus talis ecclesie mandatum habui spirituale a domino episcopo Lodovensi vel ab eius officiali, vel a tali iudice delegato, ut (2) talem parrochianum meum monerem vel citarem, ut solveret tali persone tantam peccunie quantitatem quam sibi promisit se soluturum iuramento ab ipso prestito termino iam transacto ; *vel :* u[t] contrahere[t] matrimonium cum tali muliere cui dedit fidem iuramento ab ipso prestito de contrahendo matrimonio cum eadem; *vel :* ut compareret tali die coram ipso domino episcopo Lodovensi vel eius

---

(1) Ms. : *solvenda.*
(2) Ms. : *aut.*

officiali, vel coram tali iudice delegato. Cumque predictum parrochianum meum semel, secundo et tercio perhemptorie monuerim
auctoritate et mandato ipsius domini episcopi, vel eius officialis, vel
ipsius iudicis delegati, ut illud faceret ad quod iuramento prestito
tenebatur, vel illud per quod eundem monui vel citavi; et id con-
tumaciter non curavit facere (1) ad quod iuramento vel al[i]ter
adimplere [promiserat]; idcirco ego prefatus capellanus, auctoritate,
mandato domini Lodovensis episcopi, vel eius officialis vel tali[s]
iudicis, a domino papa delegati, in nomine Domini in scriptis publice
prefatum parrochianum meum subpono ecclesiastico interdicto, vel
excomunico et excomunicatum denuncio, et sicut excomunicatum
ab omnibus precipio evitari (2).

Fol. 78 B.

Et consequenter scribatur annus, dies et locus, ubi lata est sententia supradicta, et testes .iii. vel .iiii., coram quibus lata est ipsa sententia. Et semper quando feretur ipsa sententia ita scripta, ipsam
quartam in qua scripta est ipsa sententia teneat in manu sua capellanus, et sicut scriptum est ita legat. Et quia istud debet fieri sic
discrete, nullus attemptet aliter aliquam sententiam promulgare;
alioquin suspensus erit ipse proferens ipso iure; et si divina cele-
braverit, sic suspensus eo ipso irregularis efficietur, super qua irre-
gularitate nullus nisi tantum Summus Pontifex cum eo poterit dispensare. Nam ista omnia propter (3) incautas prelatorum sententias
et promptas indiscretorum iudicum voluntates ad sententias indebite
fulminandas, hic ita salubriter sunt statuta. Ipsius vero scripture
exemplum tradatur illi contra quem lata est infra mense[m], si ille
qui tulit infra mensem fuerit requisitus.

Fol. 78 A.

XII. [Que sint in synodis exponenda].

Hec statuta que legi debent et exponi in synodis (4) per episcopum ad doctrinam clericorum qui in synodo fuerint congregati
et faciunt ad tria, scilicet quales debent esse clerici Dei; secundo,
qui[d] teneantur facere; tercio, qui[d] teneantur vitare.

In synodo circa festum sancti Luche : *Quales esse* (5) *debent clerici*.
De clericis quod servent honestatem et castitatem in ore et in
corde et in corpore, ita quod appareat intus et exterius. De ordinato

(1) Ms. : *faceret.*
(2) Ms. : *evitare.*
(3) Ms. : *papa.*
(4) Ms. : *in synodalis in synodis.*
(5) Ms. : *ecclesie.*

habitu a clericis ferendo et inordinato vitando cum sotularibus rostratis. De ampla corona et tonsura decenti habenda et quadrata ton-

sura vitanda. De clericis cathedralis ecclesie et aliis curam habentibus quod clausam deferant super vestimenta. Quod (1) tales se
clerici exhibeant coram omnibus in omnibus, quod videntes glori-
ficent Deum. Quod omnes clerici ecclesiis sibi commissis in personis
propriis deserviant, non per medium, nisi ex causa. Quod (2) et clerici in sacris ordinibus constituti assidue dicant horas canonicas,
quia aliter periculum est eis.

Qui[d] tenentur facere clerici.

Monere debent sacerdotes subditos suos, ut saltem semel in anno
recipiant penitentiam a proprio capellano. Sacerdotes debent corpus
Christi et crisma sub codam (3) fideliter custodire. Post celebrationem
missarum visitent infirmos et postea legant, vel scribant vel doceant.
Quod (4) habeant clericos secum, qui, dum celebrant, sciant cantare,
legere, respondere in confessione. Quod (5) per totum episcopatum
Lodovensem (6) festivitates colende denuncie[n]tur ab omnibus pres-
biteris. Quod ad minus due candele accense habeantur ad missa[m].
Quod (7) capellani semper teneant corporalia munda et integra.
Quod (8) aqua qua abluuntur corporalia proiciatur in piscinam.

Quod (9) altaria cooperia[n]tur quinque vel .vii. napis ad minus.
Quod (10) confitentes peccata quorum penitencie iniunctio spectat ad
episcopum mittantur ad ipsum. Quod omnes clerici veniant ad synodum paschale in superpellicio, et [ad] aliam cum capa rotunda. Quod
sacerdotes habeant in ecclesiis suis pulcras cruces et bene pictas.
Quod habeant mundos urceolos et frequenter ablutos et habeant
opercula. Quod habeant duos bacinos ad minus in servicio altaris.
Quod ecclesie sint munde et frequenter scopate et semper habeant
decentem ornatum. Quod omnes capellani curam recipiant animarum de manu episcopi tantum, et eam non dimittant nisi de licencia
ipsius in manu eiusdem et tempore synodi Omnium Sanctorum.
Quod omnes ecclesie habeant officium suum nec careant illo, nec

(1) Ms. : *quos.*
(2) Ms. : *quos.*
(3) Ms. : *condam.*
(4) Ms. : *quos.*
(5) *Item.*
(6) Ms. : *Leedem.*
(7) Ms. : *quos.*
(8) *Item.*
(9) *Item.*
(10) *Item.* De même pour les articles suivants.

[priventur] ministris suis pretextu gravaminis facti a superioribus, vel aliis causis. Quod deferentes corpus Christi per vicos cantent .vi. psalmos. Quod omnes sacerdotes et dyaconi ieiunent adventum Domini et moveant populum sibi commissum ad idem faciendum. Quod capellani presententur episcopo in ecclesiis religiosorum, nec inde recedant sine licencia ipsius et tunc non sine (1) causa rationali. Quod omnes clerici saltim semel in anno penitentiam ab episcopo accipiant vel ab illo cui ipse commiserit. Quod pueris baptizatis sine sollempnitate ea que obmissa fuerint a baptizatoribus caute a presbiteris suppleantur. Quod sacerdotes prohibeant clandestina matrimonia celebrari et penam exponant. Quod sacerdo[te]s dicant unam orationem tantum (2) in sollempnitatibus alta voce, vel tres in aliis diebus ; et sub silencio poterunt alias (3) ex devotione adiungere, ita tamen quod omnibus orationibus conputatis septemnarium numerum non excedant. Quod in missa que celebratur pro vivis, orationes vivorum tantum in ea dicantur alta voce ; set sub silencio possunt dici pro defunctis. Quod omnes capellani qui celebrant missas sotulares habeant nitidos et extersos ut inde osculancium devotio (4) excitetur. Quod capellani habeant libros in ecclesiis ad dicendum officium ut in eis clare valeant [legere]. Ordo ecclesiasticus decantetur sicut in ecclesia Beati Genesii decantatur et non aliter. Quod singuli capellani per singulas ecclesias ubi populus est teneant (5) semper oleum infirmorum propter unctionem extremam conferendam infirmis quando petita fuerit ab infirmis. Quod clerici (6) qui per ordines ecclesiasticos desiderant promoveri, cum ordines debeant celebrari, feria VIª ante ordines venire ad scrutinium non postponant. Quod ordinentur ad sacerdocium rectores ecclesiarum ; alioquin, priventur ecclesiis. Quod habitent et serviant ecclesiis suis in persona propria ; alioquin, priventur ecclesiis. Quod capellani omnes in Prim[a] et in Completorio, tam in die feriali quam in sollempni, *Pater noster* et *Credo in Deum* coram populo alta voce dicant. Quod mandata domini episcopi prioribus et capellanis facta modis omnibus compleant et observent (7) ; alioquin, pena sequeretur. Quod rectores ecclesiarum non deferant bona vel fructus ad alia loca (8), scilicet apud Clarum montem vel Sanctum Guillermum

(1) **Ms.** : *sunt.*
(2) **Ms.** : *tamen.*
(3) **Ms.** : *aliis.*
(4) **Ms.** : *de utero.*
(5) **Ms.** : *teneantur.*
(6) **Ms.** : *clericis.*
(7) **Ms.** : *observant.*
(8) **Ms.** : *ad alio loqua.*

[pro] construendo repositoria sua, quia inde sollent multa mala ipsis ecclesiis provenire, vel etiam alibi extra episcopatum Lodovensem.

In sinodo post pascha : *Qui[d] debent vitare clerici.*

Prohibemus ne pro benedictionibus nubentium, ecclesiastica sepultura et aliis sacramentis ecclesiasticis, cum sit symonia, aliquid exigatur.

De venditione omnium sacramentorum ecclesie a clericis vitanda.

De venditione et mercatione in tempore a clericis non facieuda.

De vitandis divinis et divinationibus et fascinatoribus et consultoribus eorum et de pena eorum, quia excomunicati sunt et mittendi ad episcopum.

De excomunicatione, quod caute vitent(1) excomunicatum, et quod in scriptis feratur sententia sive interdicti sive excomunicationis.

De clericis, qui postquam obedienciam promiserint suo episcopo, non promittant alicui alii sine consensu suo; alioquin, privabuntur beneficiis.

De capellanis, quod non administrent alicubi ecclesiastica sacramenta, donec receperint curam animarum ab episcopo suo, nec postea ipsam curam dimittent nisi in manu domini episcopi.

Non veniant sacerdotes ad solvendum in scimiterio vel super defuncto cum mantello, sed cum superpellicio et stola.

De monachis, quod non exibeant ecclesiastica sacramenta.

De capellanis, quod non celebrent duas missas in die nisi in die Natalis Domini, vel nisi necessitas evenerit; et tunc celebrabitur una' pro vivis et alia pro defunctis; si vero in prima missa profusionis vinum acceperit, id est aliquid de vino vel de aqua, post receptionem sanguinis, nullo modo eadem die aliam missam celebret.

De clericis, quod non habeant in domibus suis mulieres de quibus possit oriri suspitio, neque matres vel sorores, que alias quandocumque adducunt.

De possessionibus ecclesiasticis et iuribus non alienandis vel permutandis in ecclesiis episcopalibus sine consensu episcopi.

Item, quod clerici de cetero non ferant botonos argenteos vel argentatos in capuciis suis, vel in capa, vel in aliis vestibus; et de hoc semel, secundo et tercio illos perhemptorie monemus; qui si contra fecerint, noscant se acriter puniendos.

De testamentis, quod non fiant a clericis beneficiatis, nisi presente (2) archidiacono vel archipresbitero vel alio, loco episcopi; alias, carea[n]t sepultura.

(1) Ms. : *in caute.*
(2) Ms. : *presenlet.*

De testamentis, quod non fiant a laycis vel clericis sine sacerdote parrochiali; aliter, timere poterunt quod non valeant testamenta; et tunc qualiter sacerdos se debeat habere.

De sacerdotibus, quod non iniungant missas penitentibus, ita quod postea pro precio (1) offerant se dicturos.

De clericis, quod non veniant ad locum ubi episcopus recipit procurationem ad comedendum, nisi invitati, vel ex causa necessitatis.

De sacerdotibus a nobis ordinatis vel ab antecessoribus nostris, quod non recedant de episcopatu nostro sine litteris nostris.

De sacerdotibus pe[re]grinis, quod non recipiantur in ecclesiis istius episcopatu[s] sine litteris sui episcopi.

De personis ecclesiarum, quod non destruant in morte sua vel propter infirmitatem suam bona ecclesiarum maxime superlectilia; alioquin, punientur in sepultura.

De patrinis, quod non recipiantur nisi [tres] tantum, unus ad pabulum salis, et alius ad baptismum, et alius ad confirmationem, nisi matrimonia impediantur.

De questoribus, si accedant ad ecclesia[s], quod non permittantur proponere verbum Dei vel predicare, nisi de persona illa specialiter in litteris contineatur; set eorum littere per sacerdotem, vel per ipsos nuncios legantur et indulgentia exponatur.

De capellanis, quod pro precio non recipiant.

De libris, vasis et vestibus et aliis ornamentis ecclesiarum non inpignorandis vel alienandis; et de pena illorum qui fecerint vel qui receperint (2), quia uterque amittet quod habet in pignore.

De magistris puerorum, quod in toto episcopatu non audeant aliquid eos docere post alphabetum et psalmum *Deus in nomine tuo* [Ps. LIII], nisi eos doceant *Pater noster* et *Credo in Deum* et salutationem Beate Marie et signaculum sancte crucis.

De prohibendis advocationibus clericorum in sacris ordinibus constitutis (3).

De medicis quod prohibeantur consulere infirmis, quousque fuerint confessi.

Ecclesiarum rectores et alii beneficia ecclesiastica habentes adiuvent hedificium ecclesie maioris; alioquin, cum de iure canonico teneantur, per censuram ecclesiasticam compellentur.

Quod mittantur ad nos ad absolvendum (4) fachillerii et fachillerie, et qui ab eis consilium petunt, et qui docent alios de illo errore.

Fol. 81 B.

(1) Ms.: *prescius.*
(2) Ms.: *qui recipiendi.*
(3) Ms.: *prohibent.*
(4) Ms.: *quod mittantur per nobis.*

Item, et qui contrahunt clandestina matrimonia et qui intersunt illis. Isti tanquam excomunicati ad nos mittantur absolvendi.

Quod excomunicationis, interdicti et suspentionis sententie scriptis et iuxta formam canonum promulgentur.

Quod clerici qui habent et qui de cetero recipient ecclesias de manu episcopi conficiant inventarium de rebus inmobilibus et de mobilibus et de ornamentis ipsarum, et illum tradant (1) domino episcopo. Teneantur venire in singulis annis ad conficiendum crisma.

Fol. 8: B.

Quod quando dominus episcopus visitabit ecclesias, rectores seu capellani ipsarum ecclesiarum in missa ante sermonem secrete reducant ad memoriam ipsi domino episcopo quibus laborant viciis et peccatis parrochiani (2), ut per talem recordationem idem dominus episcopus possit de loco illa vicia specialiter extirpare. Idem fiat, quando fratres Predicatores vel Minores visitant ecclesias episcopatus.

Legantur in synodo tres dominicales domini Innocentii quarti super sententia excomunicationis, scilicet *Cum medicinalis*, [Sex. Lib. V, tit. XI, cap. I], *Quia periculosum est* [Ibid., cap. IV], *Solet* [Ibid., cap. II].

Item, legatur constitutio Lateranensis concilii de Vita et honestate clericorum : *Ut clericorum mores, A crapula* [Can. XIV, XV].

Item, prohibeatur rectoribus ecclesiarum sub pena suspensionis, ne bladum vel vinum vel alios redditus, vel obventiones, quod vel [quos] ratione ecclesiarum colligunt annuatim, extra Lodovensem episcopatum deportent, vel congregent, vel reponant, nec etiam apud Sanctum Guillermum vel castrum de Claromonte, vel Anianum, [set] in domibus suarum ecclesiarum ea congregent et reponant, precipue tempore pacis.

Fol. 83 A.

Precipimus ut omnes rectores ecclesiarum nostre dyocesis de cetero habitent in ecclesiis suis et personis (3) propriis eas deserviant, prout est sacris (4) canonibus constitutum; et si non habent ibi [ad] sufficienciam hedificia, de bonis vel redditibus ecclesiarum hedificent. Interim autem qui non habent domos ibi, donec eas construxerint in loco magis propinquo et ydoneo habitent, ubi sibi et ecclesiis viderint expedire. Si autem ad festum Natalis Domini in ecclesiis suis non fuerint residentes, privamus (5) eos beneficiis suis et ecclesiis ante dictis.

De ordinandis rectoribus ecclesiarum ad sacerdotium; alioquin, privamus ecclesiis eosdem.

(1) Ms. : *tradere*.
(2) Ms. : *quibus liberarit viciis et peccatis parrochianis*.
(3) Ms. : *ampersonis*.
(4) Ms. : *in castris*.
(5) Ms. : *huic ad festum... hiic privamus*.

XIII. [Que sunt nomina illorum qui tenentur venire ad conficiendum crisma]. (*Voy. plus haut*, Ordinationes, p. 17.)

XIV. Quis debet dare oleum ad conficiendum crisma.

Sciendum est quod abbas seu monasterium Sancti Guillermi de
Desertis tenetur annuatim mittere per suum proprium nuncium
et in expensis suis unum barile plenum oleo pulcro et nitido et
franco apud Lodovam, quod possit implere tres ampulas scilicet
cri[s]matis et oley infirmorum et oley cathecumenorum; et ipse
nuncius poterit tam de crismate quam de oleo in suis ampullis re-
portare ad monasterium memoratum.

XV. Quis tenetur dare balsamum.

Dominus episcopus tenetur dare balsamum semper ad conficiendum crisma.

XVI. [Forma monitionis excommunicatorum].

De sententia excomunicationis.

Cum medicinalis sit excomunicatio, non mortalis, disciplinans,
non eradicans, dum ille contra quem lata fuerit (1) non contempnat,
caute provideat iudex ecclesiasticus ut in ea ferenda ostendat se pro-
sequi quod corrige[n]tis est et medentis. Quisquis igitur excomuni-
cat (2) [excommunicationem] in scriptis proferat et causam expresse
conscribat propter quam excomunicatio proferatur. Exemplum vero
huius scripture teneatur excomunicato tradere intra mensem post
diem sentencie, si fuerit requisitus; super qua requisitione fieri
volumus publicum instrumentum, vel litteras testimoniales confici
sigillo autentico consignatas. Si quis autem iudicum (3) huiusmodi
constitutionis temerarius violator existat, per mensem unum ab in-
gressu ecclesie et divinis noverit se suspensum. Superior vero, ad
quem recurritur, sententiam ipsam sine difficultate relaxans, lato-
rem excomunicato ad expensas et omne interesse condempnet, et
alias puniat animadversione (4) condigna, ut pena docente discant

Fol. 54 B.

----

(1) Ms. : *dum tu id lata fuerit.*
(2) Ms. : *Quisque igitur excomunicatus.*
(3) Ms. : *iudicis.*
(4) Ms. : *animadrersionem.*

iudices quantum grave sit excomunicationum sententias sine matu-
ritate debita fulminare.

XVII. Benedictio [sollempnis] episcopi in sinodo.

Domine Jhesu Christe, qui es corona iustorum et perfectorum
sanctificatio sacerdotum, sanctifica horum fratrum ad nos pertinen-
tem conventum; et genuum incurvationem persuadet prostratio (sic)
Amen. Nullum eis dyabolus de manu nostra et proprietate (sic).
periturum absorbeat ; nullum ex his fraudibus consuetis decipiat;
nullum libidine sauciet ; nullum superbia inflet, vel qualibet vicii
contagione conmaculet. Amen. Sed purissima et beneplacita tibi
vasa effecta, inculpabiliter mereantur tractare vel peragere commissa
sibi ministeriorum divinitus sacramenta. Amen (1).

XVIII. [Costitutio super mutationem synodi celebrande in festo beati luche]. (Plus haut, p. 3) (2).

ANNEXE

De maledicis.
Statuimus, ut, si quis contra Deum, vel aliquem sanctorum suorum, et maxime Beatam Virginem, linguam in blasphemiam [pu-
blice] relaxare presumpserit, per episcopum suum pene subdatur
inferius annotate (3), videlicet ut .vi[i]. diebus dominicis pre fori-
bus ecclesie in manifesto, dum aguntur missarum sollempnia, blasphemus (4) existens ultimo illorum dierum dominico pallium et cal-
ciamenta non habeat, ligatus corrigia circa collum, .viique precedentibus sextis feriis in pane et aqua ieiunet, ecclesiam nullathenus
ingressurus ; quolibet quoque predictorum dierum tres, si poterit,
alioquin duos, reficiat pauperes, [sive unum] ; et si nec ad hoc eius
suppetant facultates, id in penitentiam aliam commutetur (5). Cui
etiam, si renuerit recipere ac agere penitentiam suppradictam,

---

(1) Benedictio episcopalis [simplex] in synodo : Domine Jhesu Christe, qui es
corona iustorum et perfectorum sanctificatio sacerdotum, sanctifica horum fratrum
ad nos pertinent[em] conventum et genuum incurvatione prostratum. Amen.

(2) Cette constitution est annoncée au fol. 82 A : « Mutatum est tempus istius
synodi ad diem mercurii propinquiorem festi beati Luche, sicut continetur in
constitutione synodali, qui est circa finem libri huius. »

(3) Ms. : *annotare.*

(4) Ms. : *blasphemis.*

(5) Ms. : *committetur.*

ecclesie interdicatur ingressus et in obitu ecclesiastica sepultura. [Per] temporalem preterea potestatem, coactione, si necesse fuerit, episcopi dyocesis adhibita contra eum, blasphemus (1), si dives fuerit, .xl. [sol.], alioquin .xxx. sive .xx., et si ad id non sufficiat, .v. sol. usualis monete pena mulctetur (2), nullam in hoc misericordiam habiturus. Quod etiam inter alia comitatus statuta ponatur. [*Decret. Greg.*, Lib. **V**, tit. xxvi *De maledicis*, cap. ii.]

(1) Ms. : *blasphemis*.
(2) Ms. : *multiplicetur*.

IV

LIBELLUS DE ARTICULIS FIDEI

IV

LIBELLUS DE ARTICULIS FIDEI.

Bibliothèque publique de la ville de Toulouse, Ms. 118.

———

Fol. 214*.

LIBELLUS BREVIS ET UTILIS DE ARTICULIS FIDEI, cum quibusdam aliis annexis in fine et sacramentis Ecclesie et preceptis Decalogi, pro rectoribus et curatis ecclesiarum nostre diocesis ad erudiendum plebes sibi commissas.

I. [DE ARTICULIS FIDEI CHRISTIANE].

Quoniam, ut ait Apostolus ad Hebr. XI, [6] : Sine fide impossibile est placere Deo, est enim fides fundamentum tocius spiritualis hedificii, juxta illud quod scribit Apostolus, Iª ad Corinth. IIIº, [11] : Fundamentum aliud nemo potest ponere preter id quod positum est, quod est Christus Jhesus, qui videlicet est venturus Deus et verus homo ; ideo necessarium est cuilibet christiano scire articulos fidei Domini nostri Jhesu Christi, quos tenentur scire explicite prelati et curati et viri litterati, et omnes quibus incumbit officium docendi aut predicandi verbum Dei, aut exponendi scripturam sacram. Ceteri autem fideles, layci et illiterati, debent eos scire saltem implicite, vi- Fol. 214ᵇ. delicet prout Ecclesia catholica eos tenet et docet, et firmiter credere et simpliciter confiteri.

Sunt autem articuli fidei christiane XIIIIᶜⁱᵐ et omnes continentur in symbolo fidei apostolorum, quorum septem sunt pertinentes ad divinitatem, et alii septem pertinentes ad humanitatem Christi.

Articuli autem pertinentes ad divinitatis essentiam et potentiam taliter distinguntur.

Primus articulus est de divine essentie unitate, scilicet credere in unum Deum, contra errorem ydolatrie omnium gentilium et paganorum et poetarum confingentium plures deos ; et iste articulus premittitur in symbolo fidei apostolorum, cum dicitur : Credo in unum Deum.

Secundus articulus est de persona Patris, scilicet credere Deum Patrem, qui tangitur in symbolo cum dicitur : Patrem omnipotentem.

Tercius articulus est de persona Filii, scilicet credere Deum Filium; qui tangitur in symbolo cum dicitur : Et in Jhesum Christum filium eius unicum Dominum nostrum.

Quartus articulus est de persona Spiritus Sancti, scilicet credere Deum Spiritum Sanctum, qui tangitur in symbolo [cum dicitur] : Credo in Spiritum Sanctum.

Et iste tres persone in Trinitate perfecta sunt unus Deus unius essentie, unius substantie, unius omnipotentie, unius eternitatis et unius equalitatis.

Fol. 214. Quintus articulus est de opere creationis, scilicet credere Deum esse creatorem omnium visibilium et invisibilium ; qui tangitur in symbolo cum dicitur : Creatorem celi et terre.

Sextus articulus est de unitate ecclesie catholice, scilicet credere unam ecclesiam catholicam, in qua sola est communio sanctorum, id est iustorum fidelium, et remissio peccatorum ; qui tangitur in symbolo, cum dicitur : Credo sanctam ecclesiam catholicam, sanctorum communionem, remissionem peccatorum.

Ad cuius articuli intelligentiam pleniorem notandum est, cum dicitur : *sanctam ecclesiam catholicam,* quod sancta ecclesia catholica est congregatio fidelium in unitate fidei catholice, cuius ecclesie caput est Christus, et omnes fideles sunt ad invicem membra, qui coniunguntur capiti suo Christo per fidem credendo in ipsum. Quod autem ponitur in articulo : *sanctorum communionem,* intelligendum est quod hec communio est in ecclesia catholica per gratiam Dei, quoniam omnes fideles existentes in gratia Dei communicant et participant in omnibus bonis spiritualibus, que fuerint in tota ecclesia Dei catholica ; communicant et participant in perceptione sacramentorum Ecclesie, in quibus confertur gratia Dei digne percipientibus ea ; et hec est communio sanctorum, scilicet iustorum fidelium, quia iusti fideles in gratia Dei existentes dicuntur sancti ; ab ista autem communione separantur et excluduntur homines per solum peccatum mortale. Quod autem dicitur : *remissionem peccatorum,* notandum est quod hec remissio peccatorum in ecclesia sancta catholica fit per
Fol. 214. sacramentum baptismi, in quo baptizatis [fit] remissio tocius culpe originalis et actualis et etiam pene debite culpe. Item, per sacramentum penitentie fit remissio peccatorum lapsis post baptismum. Lapsi enim post baptismum remissionem peccatorum et gratiam Dei per sacramentum penitentie consecuntur ; et hoc vocatur iustificatio peccatoris penitentis. Sub isto autem VI° articulo comprehenduntur

sacramenta ecclesie et dona Spiritus Sancti, et quecumque pertinent ad ecclesie unitatem.

Septimus est articulus de remuneratione et glorificatio[ne] bonorum seu iustorum quantum ad corpus et quantum ad animam, scilicet credere Deum esse remuneratorem omnium iustorum in vitam eternam. Sub quo comprehenditur Deum esse punitorem malorum in gehennam; et hoc est credere resurrectionem corporum humanorum et vitam eternam, quia omnes homines resurgent in propriis corporibus in die resurrectionis generalis, tam boni quam mali. Set boni ibunt in vitam eternam, mali vero in ignem eternum. Et iste articulus tangitur in fine symboli, cum dicitur : Carnis resurrectionem, vitam eternam. Amen.

De precedentibus articulis sequentes extant versiculi :

Unum crede Deum, Patrem, Natum quoque, Flamen,
Cuncta creans, recreans hominem quem glorificavit.

Articuli vero pertinentes ad humanitatem et incarnationem Domini nostri Jhesu Christi taliter distinguntur.

Primus articulus est de conceptione Christi, scilicet credere quod ipse est Christus, conceptus de Spiritu Saucto in die annunciationis facte per angelum Gabrielem Beate Marie Virgini. Et iste articulus expresse ponitur in symbolo cum dicitur : Qui conceptus est de Spiritu Sancto.

Secundus articulus est de Christi nativitate, scilicet credere quod Christus natus est ex Maria Virgine in nocte Natalis Domini; qui expresse ponitur in symbolo cum dicitur : Natus ex Maria virgine.

Tercius articulus est de passione et morte Christi in cruce, scilicet credere quod Christus pro redemptione humani generis passus est et mortuus in cruce in die sancta Parasceve, et corpus eius positum est in sepulcro ; qui articulus expresse ponitur in symbolo, cum dicitur : Passus sub Pontio Pilato, crucifixus, mortuus et sepultus.

Quartus articulus est de descensu eius ad inferos, scilicet credere quod corpore Christi iacente in sepulcro in illo triduo sepulture, anima eius descendit ad inferos, scilicet ad limbum primum ut eos visitaret et infernum spoliaret. Unde a mortuis resurgens eduxit inde secum sanctos patres, primos parentes, et patriarchas et prophetas et omnes iustos qui decesserant in fide et gratia Dei. Non autem extraxit de inferno dampnatos qui mortui erant sine fide aut in peccato mortali. Et iste articulus ponitur in symbolo cum dicitur : Descendit ad inferos seu ad infernum.

Quintus articulus est de eius resurrectione, scilicet credere quod Christus resurrexit a morte de sepulcro tercia die; qui expresse ponitur in symbolo, cum dicitur : Tercia die resurrexit a mortuis.

Sextus articulus est de eius ascentione ad celos, scilicet credere quod Christus ascendit in celum quadragesimo die post eius resurrectionem, et sedet ad dexteram Dei Patris; qui articulus ponitur in symbolo cum dicitur : Ascendit ad celos, sedet ad dexteram Dei Patris omnipotentis.

Septimus articulus est de adventu eius ad diem iudicii, scilicet credere quod Christus venturus est ad extremum diem iudicii in maiestate sua personaliter et visibiliter in illa forma humana in qua iudicatus fuit sub Pontio Pilato; et iudicabit vivos et mortuos, et reddet unicuique secundum opera sua. Et iste articulus exprimitur in symbolo, cum dicitur : Inde venturus est iudicare vivos et mortuos.

De predictis septem articulis extant sequentes versus :

Conceptus, natus, passus descendit ad yma.
Surgit et ascendit, veniet discernere cuncta.

II. De triplici symbolo fidei.

Symbolum autem fidei triplex est, videlicet symbolum Apostolorum, symbolum Nicenum et symbolum Athanasii.

1. Symbolum itaque Apostolorum dicitur eo quod Apostoli post ascentionem Domini Jhesu Christi ad celos, antequam dispergerentur per mundum, illud ediderunt tanquam regulam fidei ad docendum uniformiter rectam fidem. Dicitur autem simbolum a *sin*, quod est *cum* vel *simul*, et *bolus*, quod est morsellus, quia quilibet apostolorum bolum suum, id est particulam unam posuit in eodem. Unde nomen simboli, similitudinem seu collectionem importat a collectione quadruplici.

Primo quidem quia credentes collecti in unam eandemque fidei regulam conveniunt in idipsum ad credendum ea que in symbolo fidei continentur; unde ecclesia dicitur congregatio seu collectio fidelium. Secundo quia ex diversis locis sacre scripture colliguntur in unum ea que credenda sunt et in symbolo sunt collecta, ut in promptu sub brevitate habeantur a fidelibus. Tercio quia omnia beneficia divinitus nobis collata in symbolo fidei explicite vel implicite colliguntur. Quarto quia Apostoli qui erant predicaturi fidem collecti in unum hanc regulam fidei ediderunt singuli in symbolo partem aliquam apponendo.

Petrus quidem princeps Apostolorum posuit de unitate Divine essentie, et de omnipotentia Dei Patris et de opere creationis, dicens : *Credo in Deum Patrem omnipotentem, creatorem celi et terre.*

Fol. 215ᵛ.

Johannes, apostolus et evangelista, posuit articulum de persona Filii, dicens : *Et in Jhesum Christum eius unicum Dominum nostrum.* Jacobus Zebedei posuit de conceptione et nativitate eius, dicens : *Qui conceptus est de Spiritu Sancto, natus ex Maria Virgine.* Andreas posuit de passione et morte eius, dicens : *Passus sub Pontio Pilato, crucifixus, mortuus et sepultus.* Philippus posuit articulum suum de descensu ad inferos, dicens : *Descendit ad inferos vel ad infernum.* Thomas posuit articulum de resurrectione, dicens : *Tercia die resurrexit a mortuis.* Bartholomeus posuit articulum de ascentione, dicens : *Ascendit ad celos, sedet ad dexteram Dei Patris omnipotentis.* Matheus, apostolus et evangelista, posuit articulum de adventu eius ad iudicium, dicens : *Inde venturus est iudicare vivos et mortuos.* Jacobus Alphei posuit articulum de persona Spiritus Sancti, dicens : *Credo in Spiritum Sanctum.* Symon Chananeus sive Zelotes posuit articulum de unitate Ecclesie Catholice, dicens : *Sanctam ecclesiam catholicam, sanctorum communionem.* Judas autem, Jacobi scilicet frater, addidit, dicens : *Remissionem peccatorum.* Mathias autem, vel, sicut quidam dicunt, Thomas, posuit articulum de remuneratione seu glorificatione in die sancte resurrectionis, dicens : *Carnis resurrectionem, vitam eternam. Amen.*

Notandum autem quod quia predictum symbolum Apostolorum fuit editum tempore quo fides nondum erat per universum orbem propalata, ideo non palam seu in alto dicitur, sed quasi in secreto et sub silentio. Item, quia fuit editum ad proponendam doctrinam fidei tanquam regulam, ideo dicitur cotidie in prima et in completorio, quasi in principio diei et in principio noctis, ad designandum quod omnis nostra actio et operatio a fide debet accipere initium ; item, quia per ipsam fidem diriguntur in prosperis et adversis : per diem enim prosperitas et per noctem adversitas designatur.

2. **Symbolum** autem Nicenum dicitur quod sancti patres numero trescenti decem octo in prima sancta universali synodo apud Niceam, urbem Bithinie, congregati ediderunt, ad declarationem fidei et confutationem heresum, que a temporibus apostolorum usque tunc per diversos hereticos fuerant suscitate, et specialiter contra impium Arrium, presbiterum Alexandrine ecclesie, docmatizantem falsa et impia de persona Domini nostri Jhesu Christi, quem asserebat non esse filium Dei Patris per naturam, set per gratiam adoptionis, et non esse eiusdem nature cum Patre, nec consubstantialem, nec coeternum, nec coequalem Patri, set minorem Patre, et esse creaturam non creatorem, sicut de predictis lacius scribitur in ecclesiastica ystoria Eusebii Cesariensis, libro II°.

Fol. 215ᵉ.

Fol. 216ᵃ.

Fol. 216ᵇ.

Predictum autem symbolum sicut ibidem scribitur incipit : *Credimus in unum Deum Patrem omnipotentem.*

In predicto autem symbolo Niceno sancti patres nichil de suo aposuerunt, set ex scripturis sanctis acceperunt illa que pertinebant ad explanationem fidei et explicationem illorum que in primo symbolo Apostolorum implicite continebantur, et ad confutationem heresum et errorum, sicut in ipso symbolo clarius elucescit. Fuit autem predicta synodus celebrata tempore Silvestri pape, imperii Constantini Magni anno decimo, circa annum Dominice incarnationis ccc.xxx. (*sic*) (1).

Notandum autem quod quia predictum symbolum Nicenum fuit editum tempore fidei propalate, ideo publice decantatur ad missam. Item, quia fuit editum ad manifestationem fidei, ideo dicitur immediate post evangelium, quasi expositio ipsius.

Predicti vero symboli formam quam Latinorum confessio publice decantat ad missam, tradiderunt sancti patres congregati in secunda sancta universali synodo apud Constantinopolim celebrata tempore beatissimi Damasci pape, imperante Theodosio seniore, Dominice incarnationis anno ccc.lxxxvii. (2), paulo plus minusve, colligentes eam ex gestis sancti Niceni concilii, quam symboli formam idem Damasus papa instituit ad missam in diebus sollempnibus decantari. Predictum symbolum Nicenum scriptum est per litteras insculptas in tabula argentea rotunda, que est post altare maius in ecclesia Sancti Pauli Rome, ne de ipso posset in posterum dubitari.

Fol. 210ᵉ.

3. Sequitur de Symbolo Athanasii.

Symbolum Athanasii incipit : *Quicumque vult salvus esse*, quod ipse sanctus Athanasius, Alexandrine urbis patriarcha, edidit pro integritate fidei ostendenda, specialiter contra hereticos, qui suis temporibus insurrexerunt contra personam Domini nostri Jhesu Christi, quantum ad utramque ejus naturam, divinam scilicet et humanam. Fertur autem scripsisse predictum symbolum Athanasius apud Treverim, in quodam puteo ubi non erat aqua latitans tunc temporis propter gravissimam persecutionem Arrianorum hereticorum, et precipue Constantini imperatoris filii Magni Constantini Arriana heresi labefacti, qui eundem Athanasium ubique perquiri faciebant ad mortem ex eo quia nolebat Arriane heresi consentire. Unde Athanasius pugil fidei indefessus, multas ab Arrianis perpessus insidias toto orbe profugus ag[eba]tur, nec ei ullus tutus ad latendum patebat locus, dum ad investigandum eum omnes pene moverentur.

(1) Tout le monde sait que le Concile de Nicée est de l'année 325.
(2) Ce concile est de l'année 382.

Quantas autem persecutiones pro fide catholica sustinuerit, in Ecclesiastica Hystoria Eusebii Cesariensis et eciam in Hystoria Tripartita, uecnon in libro qui de vita et gestis ipsius scribitur, plenius continetur.

Notandum autem est quod quia symbolum Athanasii editum est contra hereticos, ideo dicitur in prima hora diei, quasi hereticorum tenebris iam depulsis. Quia vero symbolum Nicenum et symbolum Athanasii edita fuerunt non quidem ad proponendam fidem sicut symbolum Apostolorum, sed potius ad deffendendam vel elucidandam ipsam fidem, ideo non dicitur singulis diebus, set in illis in quibus homines maxime ad ecclesiam convenire consueverunt, et in illis in quibus fit aliqua sollempnisatio de illis que noscuntur ad articulos fidei pertinere.

III. Sequitur de sacramentis ecclesie.

Sacramenta ecclesie sunt septem, videlicet Baptismus, Confirmatio, Eucharistia corporis et sanguinis Christi, Penitentia, Extrema Onctio, Ordo et Matrimonium. Ad aliqualem autem evidentiam predictorum sacramentorum aliqua sub brevitate duximus subnectenda.

1. Primum itaque sacramentum est Baptismus, qui est etiam ianua aliorum sacramentorum. Cuius materia est aqua vera et naturalis, non autem artificialis, sicut est aqua rosacea, et aqua ardens, et huiusmodi similes.

Forma Baptismi est ista : Petre vel Johannes, Maria vel Agnes, Ego te baptizo in nomine Patris, et Filii et Spiritus Sancti. Amen. Nec differt sive dicantur verba ista in vulgari, sive in latino, dummodo dicantur integraliter et perfecte.

Minister Baptismi proprius est sacerdos, cui ex officio competit baptizare. In articulo vero necessitatis, potest baptizare quicumque alius etiam laycus, vir et mulier, etiam infidelis, dummodo servet formam ecclesie, intendat facere quod facit ecclesia baptizando.

Effectus autem Baptismi est duplex, videlicet remissio tocius culpe originalis et actualis, et etiam pene; item, impressio caracteris in anima baptizati.

2. Secundum sacramentum est Confirmatio, cuius materia est crisma confectum ex oleo et balsamo per episcopum benedicto. Oleum significat nitorem consciencie, et balsamum odorem bone fame.

Forma huius sacramenti talis est : Petre vel Johannes, Maria vel Agnes, consigno te signo crucis ; confirmo te crismate salutis, in nomine Patris, et Filii et Spiritus Sancti, faciendo crucem in fronte consignandi cum pollice intincto in crismate.

Minister autem proprius huius sacramenti est solus episcopus.

Effectus autem huius sacramenti est duplex. Primus est, quia in eo datur Spiritus Sanctus ad robur, sicut datus est apostolis in die Pentecostes; secundus est impressio caracteris in anima consignati.

Fol. 217ᵇ. 3. Tercium sacramentum est Eucharistia corporis et sanguinis Domini nostri Jhesu Christi. Cuius materia est panis triticeus et vinum de vite modica aqua permixta, ita quod aqua transeat in vinum. Nam aqua significat populum qui incorporatur Christo. De alio autem pane quam tritico et de alio vino quam vitis, non potest hoc confici sacramentum.

Forma autem huius sacramenti sunt verba que sacerdos profert in persona Christi, dicens : Hoc est enim corpus meum. Hic est enim calix sanguinis mei novi et eterni testamenti misterium fidei, qui pro vobis et pro multis effundetur in remissionem peccatorum. Sacerdos enim in persona Christi hoc conficit sacramentum.

Minister huius sacramenti est sacerdos rite ordinatus, nec aliquis alius potest conficere corpus Christi.

Effectus huius sacramenti est duplex : unus qui consistit in consecratione materie; nam virtute verborum predictorum panis convertitur in corpus Christi et vinum in sanguinem. Alius vero effectus est quem facit in anima digne sumentis, videlicet adunatio hominis ad Christum per gratiam que in hoc sacramento digne sumentibus augetur.

4. Quartum sacramentum est Penitentia. Cuius quasi materia sunt actus ipsius penitentis, qui se subicit clavibus ecclesie; qui actus dicuntur esse tres partes Penitentie; quarum prima est cordis contric-

Fol. 217ᶜ. tio, ad quam pertinet ut homo doleat de peccato commisso, et proponat se de cetero non esse peccaturum, seu de cetero nolle peccare et velle cavere a comittendo. Secunda pars est oris confessio, ad quam pertinet ut peccator omnia peccata sua quorum memoriam habet et tenet, suo sacerdoti seu legitimo confessori confiteatur integraliter, non dividendo ea diversis sacerdotibus seu confessoribus scienter et sine rationabili causa. Tercia pars est operis satisfactio pro peccatis secundum arbitrium sacerdotis legitimi confessoris, que quidem satisfactio precipue fit per ieiunium, et orationem, et helemosinam, et per alia bona opera.

Forma antem huius sacramenti sunt verba absolutionis que sacerdos profert. Ubi notandum est quod quedam se habent antecedenter : primo quidem absolutio ab excomunicatione maiori vel minori, si confitens sit ligatus; et hoc est de necessitate, alioquin non est capax absolutionis a peccatis. Secundo de congruitate, oratio deprecativa sacerdotis absolventis, cum dicitur : Misereatur tui omnipotens Deus, etc., vel : Indulgentiam et remissionem peccatorum tuorum tribuat tibi omnipotens Deus, vel huiusmodi similia. Tercio de congruo manus impositio, vel elevatio super caput confitentis. Fol 217·. Quarto ad formam huius sacramenti penitentie pertinent ista verba precise vel equipollentia : Auctoritate Domini nostri Jhesu Christi qua fungor, absolvo te a peccatis tuis confessis et oblitis, in nomine Patris, et Filii et Spiritus Sancti. Nec refert dicere : Absolvo te, vel absolvo vos propter persone confitentis reverentiam. Quinto ad formam consequenter se habent ea que imponuntur loco penitentie et satisfactionis, cum subditur convenienter post illa verba : a peccatis tuis confessis et oblitis, etc., Passio Christi ; et humilitas confessionis, et bonum propositum abstinendi a peccatis : et bona que fecisti et facturus es ; et satisfactio penitentie per me tibi iniuncta : sint tibi in remissionem peccatorum tuorum. Ista autem verba virtutis efficatia non carent virtute clavium ecclesie quibus confitens et penitens se subicit.

Forma autem absolutionis a minori excommunicatione que prius fieri debet potest esse talis : Auctoritate Dei qua fungor te absolvo a sententia excommunicationis minoris quam incurristi, *vel* : si aliquam incurristi per participationem cum excomunicatis. Et consimili modo poterit dici de maiori excommunicatione tali vel tali, exprimendo eam, si potestas absolvendi a tali sententia sit concessa ab homine vel a iure, vel a iudice, sacerdoti seu confessori audienti Fol. 218·. confessionem ; alioquin, remittat confitentem ad illum qui potest absolvere a tali sententia, antequam absolvat eum a peccatis.

Minister autem huius sacramenti est sacerdos habens auctoritatem absolvendi, sive ordinariam sive ex commissione superioris delegatam.

Effectus huius sacramenti est absolutio a peccato seu remissio peccati, et infusio gratie Dei et commutatio pene eterne in temporalem.

5. Quintum sacramentum est Extrema Unctio. Cuius materia est oleum olive per episcopum benedictum. Hoc autem sacramentum non debet dari nisi infirmo quando timetur de periculo mortis, qui debet inungi in locis quinque sensuum, scilicet in occulis, in auribus, in naribus, in pedibus ; quidam etiam inungunt in renibus.

Forma autem huius sacramenti hec est : Per istam unctionem et suam sanctam ac piissimam misericordiam indulgeat tibi Dominus quicquid peccasti per visum, et sic de aliis sensibus.

Minister huius sacramenti est solus sacerdos et non alius, cum hoc sacramentum institutum sit ad remissionem peccati, ad quam operatur clavis sacerdocii.

Effectus autem huius sacramenti est sanatio mentis per remissionem peccati et alienatio seu sanatio corporalis infirmitatis, si expedit, ut in utroque allevietur (1).

Fol. 218ᵇ.

6. Sextum sacramentum est Ordo. Est autem Ordo, sicut dicit Hugo de Sancto Victore, signaculum quoddam in quo spiritualis potestas traditur ordinato et officium. Ubi nota quod actus exercior est signaculum, et exequtio illius potestatis dicitur officium. Sunt autem septem ordines, scilicet Ostiariatus, Lectoratus, Exorcistatus, Acolitatus, Subdiaconatus, Diaconatus et Presbiteratus. Clericatus autem, seu tonsura clericalis, non est ordo, stricte et proprie accipiendo ordinem; sed est quedam professio vite dantium se divino misterio. Episcopatus autem est maior et superior dignitas quamquam sit Ordo. Unde notandum est quod Ordo accipitur tripliciter. Nam aliquando est nomen dignitatis, et sic Episcopatus dicitur Ordo; aliquando est nomen officii, et sic Psalmistatus dicitur Ordo, quia habet officium quoddam annexum ordini lectoris. Nam lector legendo Prophetias et alia de Christo excitat intellectum; et cantando excitat devotionis affectum. Aliquando autem Ordo dicitur nomen spiritualis potestatis, et hoc modo ultimo proprie accipiendo Ordo dicitur Sacramentum secundum theologos qui communiter dicunt esse septem ordines tantum, prout Ordo dicitur sacramentum. Unde iura que videntur dicere quod Psalmistatus et Episcopatus sunt ordines, ut [Decre.] xxv. Di. : *Psalmista*, et [Decre.] xxxii. Di. : *Cleros*, intelligendas unt secundum quod ordo sonat in officium vel dignitatem.

Fol. 218ᶜ.

Materia huius sacramenti est illud materiale per cuius traditionem confertur Ordo ordinato, et caracter imprimitur cum singulis verborum formis, sicut presbiteratus confertur ordinato per traditionem calicis et patene cum vino in calice et hostia superposita in patena, quia ibi significatur principalis actus eius. Quidam vero dicunt quod in impositione manuum Episcopi.

---

(1) *A la marge :* « Aliqui dicunt quod quamvis ista benedictio reiteretur, tamen si plur[i]es infra annum aliquis infirmetur non est iteranda. Dicunt etiam quod minori decem et octo annorum non est danda. Item, dicitur quod nullus est inungendus nisi prius existens sane mentis id postulaverit. Item, scapule non debent inungi, quia in baptismo fuerunt inuncte. Item, dicitur quod manus presbiteri non debet inungi interius, set exterius, quia interius fuerunt inuncte in ordinatione. Item, dicitur quod inunctus ab episcopo non debet ulterius per presbiterum inungi. Item, dicitur quod si eger convalescit loca inuncta lavari debent : si moritur, corpus non est lavandum. Item, si egenus in extremis laborat, cito est inungendus. Hec in Rationali in prima parte, Ti. de Unctionibus, § Fit autem unctio]. »
Cette note n'est sans doute pas de Bernard Gui. Elle reproduit Guill. Durand, *Bation.*. lib I, 25, p. 41. Petit in-4°. Lyon, 1672.

Diaconatus vero confertur per traditionem libri Evangeliorum; quidam vero dicunt quod per impositionem manuum Episcopi. Subdiaconatus confertur per traditionem calicis vacui consecrati. Acolitatus confertur per traditionem urceoli et candelabri, et acolitus accipit caracterem ex verbis Episcopi, et in hoc quod accipit urceolum et candelabrum ab archidiacono, et magis in acceptatione urceoli quam candelabri, quamvis quidam dicant e converso. Sed primum magis placet. Exorcistatus confertur per traditionem libri exorcismorum, vel libri in quo sunt scripti exorcismi. Lectoratus confertur per traditionem libri Prophetiarum, seu in quo sunt scripte Prophetie que sunt de Christo in Veteri Testamento, sicut est liber Epistolarum (sic). Hostiariatus vero confertur per traditionem clavium ecclesie; et hoc cum singulis verborum formis.

Forma autem sacramenti Ordinis sunt verba episcopi ordinantis et dicentis presbitero: Accipe potestatem offerre sacrificium Deo missamque celebrare tam pro vivis quam pro defunctis in nomine Domini. Et idem dicendum est in aliis ordinibus: Accipe hoc vel illud, prout de quolibet ordine in ordinario libro episcoporum continetur. Fol. 218ᵈ

Minister huius sacramenti est Episcopus qui confert ordines.

Effectus huius sacramenti est duplex. Primus est augmentum gratie Dei ad hoc quod aliquis suscipiens ordinem aliquem sit ydoneus in misterio Christi in illo ordine; que gratia Dei necessaria est non solum ad digne suscipiendum sacramentum, sed etiam ad digne ministrandum. Secundus est caracter qui confertur seu imprimitur cuilibet ordinato in quolibet predictorum septem ordinum. Quamvis autem sint septem ordines ecclesiastici supra scripti, tamen Ordo non est nisi unum sacramentum.

Dicitur autem unum sacramentum Ordo non quidem unitate indivisibilitatis, sicut punctus, nec unitate continuitatis sicut linea, nec unitate perfectionis unius forme, sicut corpus animatum dicitur unum, set unum dicitur perfectione unius finis, quia constituitur ex diversis ordinibus qui omnes ordinantur secundum actus suos proprios et unum actum consecrationis Eucharistie.

7. Septimum sacramentum est Matrimonium, quod est legitima coniunctio maris et femine individuam vite consuetudinem retinens, id est retinendam, quantum in se est exigens. Fol. 219ᵃ.

Materia conveniens huius sacramenti sunt persone legitime seu abiles ad matrimonium contrahendum.

Causa autem efficiens matrimonii est mutuus consensus coniugum expressus per verba de presenti. Potest etiam mutuus consensus exprimi per certa signa sine verbis, ubi deest potestas loquendi, quia surdus et mutus qui non possunt loqui possunt contrahere matrimonium et exprimere consensum suum per evidentia (1) signa.

Est autem, sicut dicit Augustinus, triplex bonum matrimonii, scilicet fides, proles et sacramentum [De Gen. ad litt., IX, 12]. Fides quidem, id est fidelitas quam unus coniugum debet alteri conservare, ut non transeat ad alia vota nec alii commisceatur, et ut reddant sibi invicem debitum. Bonum autem prolis suscipiende est ut ipsa educetur in religione fidei christiane ad cultum Dei; in Matrimonio si quidem gentilium et infidelium est proles, set non bonum prolis, si non perveniat ad cultum Dei. Tercium bonum est sacramentum, id est indivisibilitas Matrimonii propter hoc quod designant indivisibilem coniunctionem Christi et Ecclesie.

De precedentibus septem sacramentis quantum ad numerum licet non quantum ad ordinem ipsorum, sequentes extant versus :

Fol. 219b.   Baptizat, iungit, confirmat et ordinat, ungit;
                Peccatum plangit et in altari sacra tangit.

IV. SEQUITUR DE DECEM PRECEPTIS MORALIBUS DECALOGI.

Precepta decem moralia divine legis data a Deo populo fideli Israelitico scribuntur et habentur Exo. XXº, [1-17] : Loqutus est Dominus cunctos sermones hos : Primum preceptum est, Non habebis Deos alienos coram me; secundum, Non assumes nomen Dei tui in vanum; tercium est, Memento ut diem sabbati sanctifices; quartum est, Honora patrem tuum et matrem tuam, ut sis longevus super terram. Quintum est, Non occides. Sextum est, Non mechaberis. Septimum est, Non furtum facies. Octavum est, Non loqueris contra proximum tuum falsum testimonium. Nonum est, Non concupisces domum proximi tui, nec omnia que illius sunt. Decimum preceptum est, Non desiderabis uxorem proximi tui.

1. *Sequitur de decem preceptis moralibus.*

Hec itaque sunt decem precepta moralia data populo a Deo in lege Mosayca et confirmata et amplius perfecta et completa populo christiano in doctrina Evangelica, precipue in duobus preceptis, que

Fol. 219v. sunt de dilectione Dei et proximi, in quibus tota lex pendet et prophetie, quoniam plenitudo legis est dilectio, sicut scribit Apostolus ad Ro. XIIIº, [10]. Ad quorum evidentiam ampliorem quedam in sequentibus duximus subnectenda.

Primum itaque preceptum est : Non habebis deos alienos coram

_____

(1) Ms. : *evidentiam.*

me. Ubi ponitur non habebis pro non habeas imperative ebraycum
ydioma. In quo precepto prohibetur omnis ydolatria et supersticiosa
observatio cultus alieni a divino cultu, et precipitur ut unus solus et
verus Deus colatur, qui est conditor et dominus omnis creature.
Unde ibidem subditur consequenter : Non facies tibi sculptile; ubi
alia littera habet ydolum. Sequitur : Neque omnem similitudinem,
que est in celo desuper nec in terra deorsum, neque eorum que sunt
in aquis sub terra. Id est non facies tibi pro Deo colendo similitudinem solis et lune et huiusmodi, neque hominis aut iumenti
et huiusmodi, neque drachonis vel serpentis cuiuslibet et huiusmodi, que colebat diversus hominum error. Sequitur : Non ado-
rabis ea neque coles, scilicet venerando exterius aut credendo
interius.

Secundum preceptum est : Non assumes nomen Dei tui in vanum.
Id est nec falso, nec superflue, nec dolose iurabis per nomen Dei tui,
ne honorem nominis eius quantum in te est evanescere facias. Unde
notandum est quod vanum dicitur tribus modis. Uno modo vanum Fol. 219ᵃ.
dicitur quod est falsum ; alio modo quod est inutile, tercio modo
quod est peccatum vel iniustum. In vanum igitur assumit nomen
Dei qui iurat per nomen eius ad assertionem falsi, vel quando iurat
sine necessitate vel utilitate, vel quando iurat contra iusticie equita-
tem pro aliquo faciendo cui annexum sit seu consequens aliquot
indebitum vel iniquum seu contra ordinem caritatis.

Tercium preceptum est : Memento ut diem sabbati sanctifices,
id est sanctum et feriatum habeas cessando ab operibus servilibus et
maxime ab opere peccati. Unde ibidem subditur consequenter : Sex
diebus operabis et facies opera tua. Septima autem die erit sabbatum
Domini Dei tui ; non facies in eo omne opus. Sicut enim debemus
Deum corde colere, quod precipitur in primo precepto, et ore vene-
rari quod precipitur in secundo, sic quoque debemus sibi opere
servire, quod precipitur in isto tercio. Voluit enim Deus ut esset
certus dies in quo intenderent homines ad serviendum sibi in recog-
nitionem atque memoriam beneficiorum a Deo homini collatorum.
Inter beneficia primum ac precipuum fuit opus creationis rerum
omnium ad utilitatem hominis, quem specialiter ad ymaginem et Fol. 220ᵃ.
similitudinem suam ultimo omnium condidit et creavit. Unde subditur ibidem consequenter : Sex enim diebus fecit Deus celum et
terram, mare et omnia que in eis sunt, et requievit in die septimo.
Idcirco benedixit Dominus die sabbati et sanctificavit eum.

Circa preceptum autem istud notandum est quod Judei in memoriam prime creationis acceperunt a Domino diem septimum, scilicet
sabbatum, celebrandum. Christus autem Dei filius veniens in car-

nem fecit quasi novam et secundam creationem, quam vocamus lapsi hominis recreationem.

Per primam siquidem creationem factus est homo de terra terrenus, scilicet primus Adam; per secundam vero factus homo de celo celestis, scilicet secundus Adam. Nova igitur creatura factus est homo per gratiam Christi in sancta eius resurrectione. Et quia resurrectio Christi in die dominica facta fuit, ideo christiani loco septimo die sabbati Judeorum merito celebrant octavam, scilicet diem dominicam in memoriam sancte resurrectionis Christi et nove creationis populi christiani. Eadem autem ratio est quantum ad populum christianum de aliis festis principalibus ad celebrandum ab ecclesia catholica institutis, videlicet ad divina beneficia in eis precipue recolenda.

Fol. 220ᵇ.

Notandum quoque est quod in isto precepto non fuit dictum : Custodi diem sabbati, sed : Memento ut diem sabbati sanctifices. Sanctum enim dicitur duobus modis; uno modo, id est quod purum vel mundum; alio modo, id est quod divino cultui consecratum. Hoc est igitur spiritualiter diem sabbati, vel diem dominicam, vel diem festivam aliam sanctificare, non solum cessando ab opere servili, set maxime sancta in eo faciendo, sanctisque vacado helemosinis et aliis pietatis operibus intendendo, ad ecclesiam Dei conveniendo, ubi divina misteria celebrantur, sacrificia offeruntur, verba Dei et Sacre Scripture leguntur et exponuntur, divinaque beneficia commemorantur, et laudes Deo redduntur, orationesque fiunt devotius et a Deo exaudiuntur facilius.

Quartum preceptum [est] : Honora patrem tuum et matrem tuam, duplici honore venerando, scilicet [spiritualia] et necessaria ministrando. Huic autem precepto adiungitur promissio cum subditur ibidem : Ut sis longevus super terram. Cuius ratio est ne scilicet crederetur premium non deberi honorantibus parentes, cum videatur hoc esse debitum naturale.

Fol. 220ᶜ.

Quintum preceptum est : Non occides, scilicet hominem, nisi iuste et propria voluntate, nec manu violentiam inferendo innocenti, nec mente, nec consensu, nec opere subtrahendo auxilium vite illi cui potes et debes dare. In isto siquidem precepto prohibetur homicidium fieri propria voluntate, quum auctoritate et sanctione legis licitum est iudici et debitum rei publice reo infligere penam mortis, et tunc index non occidit, set lex. Unde legislatori Moysi dictum fuit : Maleficos non pacieris vivere. [Ex., XXII, 18].

Sextum preceptum est : Non mechaberis, id est non commiscearis carnaliter alicui excepto federe matrimonii. In isto enim precepto prohibetur adulterium tam viro quam mulieri, necnon omnis carnalis commixtio viri et mulieris preter illam que est in matrimonio.

Septimum preceptum est : Non furtum facies. In quo prohibetur etiam omnis rapina et omnis rei (1) aliene substractio aut detentio invito domino; quod contingit fieri vel occulte accipiendo et tunc est furtum, aut manifeste aut violenter auferendo et tunc est rapina, aut mercedem mercennario, vel debitum creditori denegando et non reddendo quod est iniuria, aut in mercationibus fraudem vel dolum scienter committendo quod est iniusticia, aut de mutuo impenso ultra sortem aliquid recipiendo quod est usura.

Octavum preceptum est : Non loqueris contra proximum tuum falsum testimonium. Hoc autem contingit fieri vel in iudicio vel extra iudicium; in iudicio (2) quidem, de falso proximum acusando, vel falsum contra ipsum testificando vel contra innocentem falsam sententiam proferendo; extra iudicium vero faciunt contra istud preceptum detractores, diffamatores et discordiarum seminatores. Et in isto etiam precepto intelligitur esse prohibitum omne mendacium, quoniam mendacium est falsa vocis significatio cum intentione fallendi.

Nonum preceptum est : Non concupisces domum proximi tui, non servum, non ancillam, non bovem, non asinum, nec omnia que illius sunt. Quasi dicat : Non solum non auferas, set nec etiam indebite concupiscas; lex enim humana iudicat tantum de factis et dictis exterius; lex autem divina non solum de istis, set etiam de cogitatis et concupitis interius, quia prohibet manum a nocumento et voluntate et animum a nocendo. In isto autem precepto prohibetur concupiscentia occulorum respectu rei aliene tam mobilis quam inmobilis.

Decimum preceptum est : Non desiderabis uxorem proximi tui. In isto precepto prohibetur concupiscencia carnis. Circa quod notandum est quod concupiscentia et actus mechandi, seu mechie, divisim prohibentur, quia in tantum differunt quod aliquando quis mechetur qui non concupiscit, et aliquando concupiscat et non mechetur, sicut dicit Augustinus [*Quaest. in Exo.*, LXXI], et exemplificat de utroque in glosa ibidem, et ideo neutra prohibitio est superflua de utroque. Aliud enim est non facere aliquid tale preter uxorem, et aliud non appetere alienam uxorem. Ideo duo precepta sunt : Non mechaberis, et : Non desiderabis uxorem proximi tui. Cum enim dicitur : Non mechaberis, ibi prohibetur voluntas faciendi

Fol. 20ᵃ.

Fol. 221ᵃ.

---

(1) Ms. : *res*.

(2) Ms. : *iudicium*.

opus exterius. Cum autem dicitur : Non desiderabis uxorem proximi
tui, ibi prohibetur voluntas faciendi opus interius, id est non con-
cupiscendi nec delectandi interius in corde, et ita non idem set di-
versum prohibetur utrobique. Hebrei tamen dicunt in isto precepto :
Non desiderabis uxorem proximi tui, sollicitationem ad mechiam
tantummodo prohiberi, que scilicet fit munusculis, colloquiis, nun-
tiis litteris, osculis mitibus, aspectibus, amplexibus et huiusmodi.

2. *Numerus et ordo preceptorum Decalogi.*

Preceptorum vero decem divine legis, que scripta fuerunt in
duabus tabulis lapideis, numerus et ordo sic accipitur congruen-
ter. In prima siquidem tabula scripta erant prima tria precepta
que ordinant hominem ad Deum. In secunda vero tabula scripta
erant septem precepta alia que ordinant hominem ad proximum
suum.

Precepta itaque prime tabule distinguntur penes tria que debet
omnis homo Domino suo. Primo quidem debet homo domino suo
fidelitatem, et quantum ad hoc datur primum preceptum, scilicet :
Non habebis deos alienos coram me. Secundo debet homo Domino
suo reverentiam et honorem, et quantum ad hoc datur secundum
preceptum. Tercio debet homo Domino suo famulatum, obsequium,
et quantum ad hoc datur tercium preceptum : Memento ut diem
sabbati sanctifices.

Precepta autem secunde tabule taliter distinguntur. Homo enim
ordinatur ad proximum dupliciter : uno quidem modo specialiter,
quantum ad illos quorum quis est debitor, ut eis debitum reddatur ;
a parentibus enim habet homo tria, scilicet esse, nutrimentum et
disciplinam, et quantum ad hoc precipitur : Honora patrem tuum et
matrem tuam. Alio modo ordinatur homo ad alios generaliter, quantum ad omnes, ut nulli nocumentum inferatur nec opere, nec ore,
nec corde; opere quidem, nec quantum ad personam propriam, seu
persone consistentiam, et quantum ad hoc precipitur : Non occides.
Nec quantum ad personam coniunctam, et quantum ad hoc precipitur : Non mechaberis. Nec quantum ad rem possessam, et quantum
ad hoc precipitur : Non furtum facies. Ore quidem non est inferen-
dum proximo nocumentum, et quantum ad hoc precipitur : Non
loqueris contra proximum tuum falsum testimonium. Corde vero dupliciter, quantum ad duplicem concupiscentiam que a corde proce-
dit, primo quantum ad concupiscentiam carnis, et quantum ad hoc
precipitur : Non desiderabis uxorem proximi tui; secundo quantum
ad concupiscentiam occulorum, et quantum ad hoc precipitur : Non
concupisces rem proximi tui.

De precedentibus decem preceptis extant sequentes versus :

Sperne deos, fugito periura, [sabbata serva] ;
Sit tibi patris honor, sit tibi matris amor.
Non sis occisor, fur, mechus, testis iniquus ;
Vicinique thorum, resque caveto suas.

Fol. 221*.

Vel aliter versus de primis quatuor preceptis :

Unum cole Deum, non iures vana per ipsum,
Sabbata sanctifices, necnon venerare parentes.

V

RECOLLECTIO ARTICULORUM FIDEI

V

RECOLLECTIO ARTICULORUM FIDEI

Bibliothèque de la ville de Toulouse, **Ms. 118.**

Hec est brevis sequens recollectio articulorum fidei et sacramento- Fol. 221ᵇ. rum Ecclesie et preceptorum divine legis, ut possit haberi a rectoribus et curatis sub compendio et faciliter memorie commendari.

1. [*De articulis fidei*].

Articuli fidei christiane sunt XIII^cim, quorum VII. sunt pertinentes ad divinitatem et alii VII. ad humanitatem et incarnationem Christi, et omnes continentur in symbolo apostolorum quod incipit : Credo in Deum.

Articuli autem pertinentes ad divinitatem taliter distinguntur.

Primus articulus est de divine essentie unitate, scilicet credere in unum Deum, qui premittitur in symbolo cum dicitur : Credo in Deum.

Secundus articulus est de persona Patris, scilicet credere Deum Patrem, qui tangitur in symbolo cum dicitur : Patrem omnipotentem.

Tercius articulus est de persona Filii, scilicet credere Deum Filium, qui tangitur in symbolo cum dicitur : Et in Jhesum Christum filium eius unicum Dominum nostrum.

Quartus articulus est de persona Spiritus Sancti, scilicet credere Fol. 222ᵃ. Deum Spiritum Sanctum, qui tangitur in symbolo, cum dicitur : Credo in Spiritum Sanctum. Et iste tres persone, Pater, et Filius et Spiritus Sanctus, in Trinitate perfecta sunt unus Deus et unius essentie, unius substantie, unius omnipotentie, unius eternitatis et unius equalitatis.

Quintus articulus est de opere creationis, scilicet credere Deum esse creatorem omnium visibilium et invisibilium, qui tangitur in symbolo cum dicitur : Creatorem celi et terre.

Sextus articulus est de Ecclesie Catholice unitate, scilicet credere unam Ecclesiam Catholicam, in qua sola est comunio omnium iustorum fidelium per gratiam Dei et remissionem peccatorum per sacramentum baptismi et penitentie; qui articulus tangitur in symbolo cum dicitur : Sanctam Ecclesiam Catholicam, sanctorum communionem, remissionem peccatorum.

Ad cuius evidentiam pleniorem, cum dicitur : sanctam ecclesiam catholicam, notandum est quod sancta ecclesia catholica est congregatio fidelium in unitate fidei, cuius ecclesie caput est Christus, et omnes fideles sunt ad invicem membra qui coniunguntur capiti suo Christo per fidem credendo in ipsum. Additur autem : Sanctorum communionem, ubi notandum est quod hec communio in ecclesia catholica est per gratiam Dei, quoniam omnes fideles existentes in gratia Dei communicant et participant in omnibus bonis spiritualibus, que fiunt in tota ecclesia Dei et in sacramentis ecclesie, in quibus confertur gratia digne percipientibus ea; et hec est communio sanctorum, id est iustorum fidelium, et ab ista communione separantur et excluduntur homines per peccatum mortale. Quod autem dicitur : Remissio peccatorum, notandum est quod hec remissio peccatorum est in ecclesia Dei per sacramentum baptismi, in quo fit remissio tocius culpe originalis et actualis, et etiam pene debite culpe. Item, per sacramentum vere penitentis. Lapsi enim post baptismum per penitentiam remissionem peccatorum et gratiam consecuntur, et ita ad communionem sanctorum revertuntur. Sub isto autem articulo comprehenduntur sacramenta ecclesie et dona Spiritus Sancti, et quecumque pertinent ad ecclesie unitatem.

Septimus articulus est de remuneratione et glorificatione bonorum quantum ad corpus et quantum ad animam, scilicet credere resurrectionem corporum humanorum et vitam eternam, quoniam omnes homines tam boni quam mali resurgent in propriis corporibus in die iudicii generalis, scilicet resurrectionis omnium; et ibunt boni in vitam eternam, mali vero in ignem eternum cum diabolo in inferno. Et iste articulus tangitur in fine symboli, cum dicitur : Carnis resurrectionem, vitam eternam. Amen. Ubi subditur : Credo.

De precedentibus articulis sequentes extant versus :

> Unum crede Deum, Patrem, Natum quoque, Flamen,
> Cuncta creans, recreans hominem, quem glorificabit.

Articuli autem pertinentes ad humanitatem seu incarnationem Christi taliter distinguntur.

Primus articulus est de conceptione Christi, scilicet credere quod Christus conceptus est de Spiritu Sancto in die Annuntiationis Beate Marie per archangelum Gabrielem; qui articulus expresse ponitur in symbolo, cum dicitur : Qui conceptus est de Spiritu Sancto.

Fol. 222ᵃ.

Secundus articulus est de Christi nativitate, scilicet credere quod Christus natus est ex sancta Maria Virgine in nocte Natalis Domini, qui expresse ponitur in symbolo, cum dicitur : Natus ex Maria virgine.

Tercius articulus est de passione et morte Christi in cruce, scilicet credere quod Christus pro redemptione humani generis passus et mortuus est in cruce in die sancta Parasceve; et corpus eius positum est in sepulcro; qui articulus ponitur in symbolo, cum dicitur : Passus sub Pontio Pilato, crucifixus, mortuus et sepultus.

Quartus articulus est de de[s]censu eius ad inferos, scilicet credere quod, corpore Christi iacente in sepulcro in illo triduo sepulture, anima eius separata a corpore descendit ad inferos seu ad infernum, ad illum locum qui dicebatur Limbus patrum, ut eos visitaret et infernum quantum ad Limbum spoliaret; unde resurgens a mortuis, eduxit inde secum sanctos patres, primos parentes, patriarchas et prophetas, et omnes iustos qui decesserant in gratia Dei; non autem extraxit de inferno dampnatos qui decesserant sine fide, aut in peccato mortali. Et iste articulus tangitur in symbolo, cum dicitur : Descendit ad inferos seu ad infernum. Fol. 222ª.

Quintus articulus est de eius resurrectione, scilicet credere quod Christus resurrexit a mortuis tercia die in anima et in corpore glorioso; qui tangitur in symbolo cum dicitur : Tercia die resurrexit a mortuis.

Sextus articulus est de Christi ascentione, scilicet credere quod ipse XL° die post suam resurrectionem ascendit in celum ad dexteram Dei Patris; et iste articulus tangitur cum dicitur : Ascendit in celum, sedet ad dexteram Dei Patris omnipotentis, hoc est ad equalitatem Patris in quantum est Deus, vel in pocioribus eius bonis secundum quod homo est.

Septimus articulus est de adventu eius ad diem iudicii, scilicet credere quod Christus in maiestate sua venturus est ad extremum iudicium visibiliter in eadem forma humana in qua iudicatus est sub Pontio Pilato; et iudicabit vivos et mortuos, et reddet unicuique secundum opera sua; et iste articulus exprimitur in symbolo cum dicitur : Inde venturus est iudicare vivos et mortuos. Fol. 223ª.

De predictis septem articulis extant sequentes versus :

> Conceptus, natus, passus descendit ad yma ;
> Surgit et ascendit; veniet decernere cuncta.

2. *Sequitur de septem sacramentis ecclesie.*

Sacramenta ecclesie sunt septem, videlicet Baptismus, Confirmatio, Eucharistia corporis et sanguinis Christi, Penitentia, Extrema Unctio, Ordo sacerdotalis, Matrimonium.

De predictis autem septem sacramentis extant sequentes versus non quantum ad ordinem, set quantum ad numerum eorumdem :

> Baptizat, iungit, confirmat et ordinat, ungit,
> Peccatum plangit, et in altari sacra tangit.

3. *Sequitur de decem preceptis divine legis.*

Precepta divine legis decem moralia data a Deo populo fideli filiorum Israel leguntur Exo. xx°, [1-17].

Primum preceptum est : Non habebis deos alienos coram me.

Fol. 223. Secundum est : Non assumes nomen Dei tui in vanum.

Tercium est : Memento ut diem sabbati sanctifices.

Quartum est : Honora patrem tuum et matrem tuam, ut sis longevus super terram.

Quintum est : Non occides.

Sextum est : Non mechaberis.

Septimum est : Non furtum facies.

Octavum est : Non loqueris contra proximum tuum falsum testimonium.

Nonum est : Non concupisces domum proximi tui, nec omnia que illius sunt.

Decimum est : Non desiderabis uxorem proximi tui.

De predictis autem decem preceptis sequentes extant versus :

> Sperne deos, fugito periuria, sabbata serva.
> Sit tibi patris honor, sit tibi matris amor.
> Non sis occisor, fur, mechus, testis iniquus;
> Vicinique thorum, resque caveto suas.

Vel sic aliter de primis preceptis quatuor :

> Unum cole Deum, nec iures vana per ipsum;
> Sabbata sanctifices, necnon venerare parentes.

4. *Sequitur de operibus misericordie corporalibus.*

Quamvis opera misericordie et pietatis sint plurima in speciebus suis, verumtamen sex principalia scripta leguntur in Evangelio Mathei xxv°, [35-36], et septimum habetur Thobie II°.

Primum est pascere esurientes. Secundum est potare sitientes. Tercium est recolligere in domo hospites et peregrinos. Quartum est vestire nudos. Quintum est visitare infirmos. Sextum est redimere incarceratos et captivos. Et ista sex leguntur Mathei xxv°, [35-36].

Septimum est sepelire mortuos; de quo legitur exemplum in facto Thobie II°.

De predictis septem operibus sequens extat versus :

Visito, poto, cibo, redimo, tego, colligo, condo.

5. *Sequitur de septem operibus misericordie spiritualibus.*

Sunt autem septem opera misericordie que spiritualiter proximis impenduntur. Primum est consulere ignoranti. Secundum est corrigere errantem. Tercium est consolari lugentes seu tristes in tribulatione. Quartum est remittere offensam delinquenti. Quintum est ferre pacienter malum, quod alius sibi infert seu iniuriat. Sextum est orare Deum non tantum pro bonis, set etiam pro malis, et pro persequentibus et calumpniantibus. Septimum est pacificare discordes. De predictis extat sequens versus :

Consule, castiga, solare, remitte, fer, ora.

6. *Sequitur de VII^em peccatis principalibus.*

Peccata principalia in genere sunt septem, ex quibus nascuntur seu originantur plures species et differentie eorumdem. Hec autem sunt Superbia, Avaritia, Luxuria, Invidia, Gula, Ira, Accidia. De quibus extat sequens versus : Fol. 223ᵉ.

Dat septem vitia dictio : Saligia.

Tres virtutes theologice sunt Fides, Spes, Karitas.

Quatuor virtutes cardinales sunt Justicia, Prudentia, Temperantia, Fortitudo.

Hec de sacramentis fidei et articulis et de sacramentis Ecclesie et de preceptis moralibus Decalogi, et de quibusdam annexis in fine sub brevitate conscripsimus, ut faciliter possint haberi a sacerdotibus et memorie comendari.

Ad aliqualem autem intelligentiam pleniorem, libellum quondam specialem de predictis articulis, sacramentis et preceptis repetendo ea alcius duximus conscribendum (*Plus haut*, p. 49).

7. *Sequitur de dotibus glorie beatorum.*

Dotes glorie beatorum sunt VII., videlicet tres quantum ad animam et IIII°ʳ quantum ad corpus.

Prima dos quantum ad animam est visio Dei per essentiam .Iᵃ Jo. III, [?] : Videbimus enim eum sicuti est.

Secunda dos est comprehensio, qua scilicet comprehendemus Deum, sicut mercedem nostram.Iᵃ ad Corin. IX°, [24] : Sic currite ut comprehendatis.

Tercia dos est fruicio qua in Deo delectabimur. Ysa. LX°, [5] : Tunc videbis et afflues, et mirabitur et dilatabitur cor tuum.

Fol. 224ᵛ.

Prima vero dos corporis est inpassibilitas ad quam sequitur immortalitas, de qua scribit Apostolus, Iᵃ ad Corinth. XV°, [53] : Oportet enim corruptibile hoc, scilicet corpus, induere incorruptionem et mortale hoc induere immortalitatem. Glosa : Corruptibile hoc corpus induet sicut ornamentum incorruptionem, ut ultra non esuriat, vel aliquatenus ledatur, et mortale hoc corpus induet immortalitatem.

Secunda dos corporis est claritas de qua habetur Math. XIII°, [43] : Fulgebunt iusti sicut sol in regno patris eorum. Item ad Phil. III°, [20] : Salvatorem expectamus Dominum Jhesum Christum, qui reformabit corpus humilitatis nostre configuratum corpori claritatis sue. Glosa : Corpus humilitatis nostre, id est deiectionis nostre, quod per mortem in pulvere humiliatur et vermes reformant, ita quod erit configuratum corpori illius in claritate, quam habuerit in transfiguratione vel in resurrectione.

Tercia dos est agilitas per quam celeriter adesse poterunt ubi volent, quia ubi volet spiritus, ibi erit corpus. Sap. III°, [7] : Tanquam scintille in arundineto discurrent.

Quarta dos est subtilitas, per quam poterunt quecumque voluerint penetrare ; de qua dicit Apostolus, Iᵃ ad Corinᵒˢ, XV°, [44] : Seminatur corpus animale, surget autem spirituale. Glosa ibidem : Id est tale quod iam cibis non egeat, transiens in naturam spiritus, id est habens quedam spiritualia, et spirituum naturalia, quia erit agile et leve, cibis non egens. Dicit autem : Surget autem corpus spirituale ; non dicit spiritus, quasi corpus in spiritum vertatur, ut quidam putant. Sicut enim animale corpus non est anima, set corpus, ita et spirituale corpus non spiritum debemus putare, set corpus; quia tunc spirari plene videtur corpus et iam non repugnabit, et quia spiritui simile erit, quia nec aliquam corruptionem pacietur, nec alimento egebunt. Hec est predicta glosa.

Et sic finis. Deo gratias.

ERRATUM

Page ix, ligne 23, au lieu de « qui doivent *chaque année*, » lisez : qui doivent *cette année*.

TABLE DES MATIÈRES

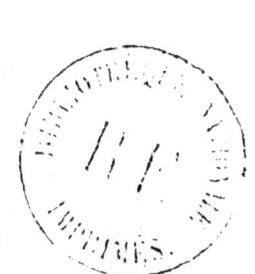

TOULOUSE. — IMP. A. CHAUVIN ET FILS, RUE DES SALENQUES, 28.

DU MÊME AUTEUR

TOULOUSE. — IMP. A. CHAUVIN ET FILS, RUE DES SALENQUES, 28.

www.ingramcontent.com/pod-product-compliance
Lightning Source LLC
Chambersburg PA
CBHW071105260626
47162CB00006B/2208